I0667741

من جحيم أرض الفيروز

إعداد وتحرير: رأفت علام

مكتبة المشرق الإلكترونية

صدر في يناير ٢٠٢١ عن مكتبة المشرق الإلكترونية – مصر

Table of Contents

١. من جحيم أرض الفيروز

٢. المهمة

٣. على الرمال

٤. حرب رجل واحد

٥. رد الجميل

٦. البعث

٧. الفتى فاي

٨. الإرهاب

٩. المحترفون

١٠. الاقتحام

١١. البداية الجديدة

من جحيم أرض الفيروز

المهمة

الخامس من أكتوبر.. عام ١٩٧٣م..

التاسع من رمضان.. عام ١٣٩٣ ه..

كل شيء هادئ، في قلب (سيناء)، في تلك الساعة المتأخرة من الليل..

الرمال والتباب بدت ساكنة، مع النسيم الهادئ العليل، وانتظمت حباتها، إلا من آثار الزواحف والحشرات الصغيرة، التي نشطت مع المناخ المعتدل، وراحت تزحف في كل الاتجاهات، بحثًا عن غذائها، بعضها من البعض، ومن بقايا نباتات عشوائية صغيرة، تناثرت على مساحات واسعة، وفي قلب الصحراء، حتى لا تكاد تلحظ وجودها..

حتى الجنود الإسرائيليون، في خط (بارليف) وحوله، هبط عليهم شيء من الكسل والخمول، فجلسوا يتسامرون، ويطلقون سحب الدخان من سجائرهم المشتعلة، دون أن يبالوا بالمصريين، الذين يقبعون على الشاطئ الغربي للقناة، وكأنما وقر في قلوبهم أن وجودهم على شاطئها الشرقي صار أمرًا نهائيًا سرمديًا، وأن المصريين لم يعودوا قادرين على القتال، أو على شن أي حرب شاملة حاسمة..

وبعيدًا عن كل هذا.

أو بمعنى أدق: فوق كل هذا..

وعلى ارتفاع كيلومترين تقريبًا، بعيدًا عن كل مجالات الرادار المعروفة، حلقت طائرة حربية مصرية، من ذلك الطراز، المعد لنقل الجنود ورجال المظلات، متجاوزة منطقة البحيرات، وبداخلها عدد من رجال الصاعقة المصريين، جلسوا بكامل عتادهم ومعداتهم، على نحو يوحي بأنهم في طريقهم إلي مهمة خاصة، من تلك المهام التي تم تدريبهم للقيام بها، وآذانهم كلها تصغى في اهتمام وانتباه شديدين لقائدهم، وهو يراجع معهم تفاصيل المهمة للمرة الأخيرة، قائلًا:

- غدًا تبدأ معركة التحرير.. تلك المعركة التي انتظرتموها طويلًا، وتدربتم من أجلها كثيرًا.. المعركة التي ستسترد بها (مصر) عزتها

وكرامتها بإذن الله، وترد الصاع صاعين للإسرائيليين، الذين باغتونا بهجومهم منذ ست سنوات، في الخامس من يونيو عام ١٩٦٧م، ونجحوا في احتلال (سيناء)، وتكبيدنا هزيمة فادحة.. غدًا تحين لحظة الثأر يا رجال.. ستشن قواتنا هجومها الشامل على الجيوش الإسرائيلية، في سبيل تحرير (سيناء)، واستعادة الكرامة العربية. ولابد أن نعترف جميعًا بأن الجيش الإسرائيلي ليس ضعيفًا أو ساذجًا، وقادته ليسوا بالأغبياء، وأنهم، ما إن يتلقوا الضربة الأولى، حتى يبدءوا تحركهم بأقصى سرعة، ويدفعوا قواتهم وجيوشهم الاحتياطية إلى الجبهة، لقلب ميزان المعركة لصالحهم.

واعتدل يلتقط نفسًا عميقًا، ملأ صدره القوي، قبل أن يضيف بلهجة حماسية حاسمة:

- وهنا يحين دوركم أيها الرجال.

انتشت نفوسهم بالكلمة، واشتعلت الدماء في عروقهم للعبارة، وهتف بعضهم في حماس منقطع النظير:

- كلنا فداء للوطن.

واحد منهم فقط لم ينبس ببنت شفة..

والعجيب أنه كان أكثرهم حزنًا وحماسًا وانتماء..

كان يشعر - كعهده دائمًا - أن الكلمات، مهما بلغت بلاغتها، لن يمكنها أبدًا أن تعبر عما يجيش به صدره..

لا أحد يمكنه أن يشعر بما يعنيه له اسم (مصر).

(مصر) الأم..

والوطن..

والحياة..

كانوا جميعًا في ذروة الحماس، ولكنه وحده كان يعتلي هذه الذروة..

هذا لأنه لم يكن أبدًا شخصًا عاديًا..

إنه، ودائمًا، من طراز خاص..

خاص للغاية..

طراز اعتاد كتمان كل مشاعره في أعماقه، مؤمنًا بأن الفعل وحده هو مقياس جودة وصلابة الرجال..

صامت هو، في معظم الوقت..

كتوم دائمًا..

نادرًا ما يتبادل الحديث مع رفاقه، وإن لم يخل ثغره قط من ابتسامة هادئة بسيطة، جذبت إليه قلوب الجميع، واكتسبت حبهم وثقتهم واحترامهم..

«مهمتكم هي قطع خطوط مواصلات العدو وإمداداته..»

نطق القائد هذه العبارة في حزم، فأرهف الجميع آذانهم، وضاعفوا انتباههم، وهو يشير بعصاه الرفيعة إلى نموذج مجسم لـ(سيناء)، استقر عند أقدامهم، على أرضية الطائرة، مستطردًا:

- عندما يهاجم جيشنا خط (بارليف)، سيحاول العدو تعزيز قواته وتواجده هناك، وسيدفع طابورًا من الدبابات نحو الخطوط الأمامية، وطبقًا للمعلومات التي أمدنا بها جهاز المخابرات، سيعتمد العدو على أحدث طراز من الدبابات، وهذا الطراز يفوق أحدث ما لدينا من مدرعات، ثلاث مرات على الأقل، ومواجهته على نحو مباشر ستكون عسيرة، وخصوصًا في الساعات الأولى للقتال، وقبل أن يكتمل عبور قواتنا ومدرعاتنا إلى الضفة الشرقية.

ثم اعتدل، مضيفًا في حسم:

- باختصار.. نجاح ذلك الطابور من الدبَّابات الحديثة، في الوصول إلى الخطوط الأمامية، قبل أن نستعد لمواجهته، قد يقلب الأمور كلها رأسًا على عقب، ولهذا فمن الضروري أن ننجح في إيقاف تقدّمه، وأن تكبده أفدح خسائر ممكنة..

وأدار عينيه في وجوههم، قبل أن يتابع:

- نجاحكم في مهمتكم العسيرة، قد يتوقف عليه مصير الحرب كلها، لذا فمن المحتم أن تنجحوا.. مهما كان الثمن..

مهما كان الثمن..

اخترقت العبارة كيانه، واستقرت ملتهبة في وجدانه..

ولم يكن يحتاج إلى المزيد..
طوال الفترة التي تلقى فيها تدريباته، لم يكن يحتاج إلى أكثر من هذا..
حتى في العمليات التي شارك فيها، في أثناء حرب الاستنزاف، كان يثبت أنه سريع الفهم والاستيعاب، جم النشاط والحماس، يكفيه أن يسمع الكلمة السحرية، حتى ينطلق كالليث، ويقاتل كالفهد، ويبذل أقصى طاقاته للفوز والنصر..
كلمة (مصر)..
كل من عمل تحت إمرته انبهر بأدائه..
كلهم أجمعوا على أنه - منفردًا - قادر على القيام بعمل فرقة انتحارية كاملة، لو اقتضى الأمر.
ولقد أثبت هذا في مرات عديدة..
ومازال مستعدًا لإثباته..
«اشتعل المصباح الأحمر يا رجال..»
نطقها القائد في اهتمام مشوب بالتوتر، وهو يشير إلى مصباح أحمر مضاء، في سقف الطائرة، قبل أن يستطرد:
- لقد وصلنا إلى النقطة المنشودة.. ستقفزون جميعًا، عندما يضاء المصباح الأخضر، وانتبهوا جيدًا، لن يتم فتح المظلات قبل أن نصل إلى عد ألف ومائة[1]، حتى لا ترصدكم رادارات العدو.. المفروض أن هبوطكم هنا محاط بسرية تامة.. حافظوا على وجودكم، حتى تحين اللحظة المناسبة.. لا تتورَّطوا في أية اشتباكات جانبية، قبل ظهور طابور الدبابات، وتذكروا دائما أن مهمتكم محدودة وواضحة.. امنعوا وصول تلك الدبابات إلى الخطوط الأمامية بأي ثمن.. هل تفهمون؟ بأي ثمن. اشتعل المصباح الأخضر في تلك اللحظة، فهتف القائد:
- حانت اللحظة يا رجال.. هيَّا.. على بركة الله.
وبلا تردد، وثب رجال الصاعقة من الطائرة، واحدًا بعد الآخر، وعلى رأسهم قائدهم..

[1] يستخدم المظليون هذه الوسيلة، لتحديد الزمن اللازم، قبل فتح المظلة، بفرض تأمين عملية الهبوط وضمان سلامتها، حيث يبدأ العد بألف وواحد.. ألف واثنين.. وهكذا.

وفي أعماق ذلك الصامت، راح العدّ يجري في سرعة..
ألف وواحد.. ألف واثنان.. ألف وثلاثة..
كان جسده يهبط بسرعة مدهشة، مع عجلة الجاذبية الأرضية[٢]، والصحراء تتضح تدريجيًا، مع اقترابه بهذه السرعة من الأرض، ورفاقه يبدون من حوله أشبه بطيور صغيرة، حانت لحظة عودتها إلى العش، ورأي بعضهم يفتح مظلته، وهو يواصل العد..
ألف وثمانية وتسعون.. ألف وتسعة وتسعون.. ألف ومائة..
كانت الأرض قد اقتربت كثيرًا.. ومظلات كل من سبقوه ترتفع أمام عينيه، وظروف الهبوط مواتية للغاية، و...
ولكن كانت هناك نقطة ضعف واحدة..
لقد جذب حبل مظلته، كما يفعل في كل مرة، ولكن..
المظلة لم تستجب..
لقد رفضت أن تنفتح، وتركت جسده يهوى نحو صحراء (سيناء).. وبأقصى سرعة..

☆☆☆

احتقن وجه قائد لواء السيارات الإسرائيلي، وهو يصرخ في وجه سائقه غاضبًا:
- ماذا تعني بقولك السخيف هذا؟.. كيف ضللت طريقك وسط الصحراء؟ أهي المرة الأولى، التي تقود فيها سيارتي، في قلب (سيناء)؟!
ارتبك السائق، وهو يقول:
- لست أدري ماذا حدث هذه المرة يا سيدي؟!.. لقد تلفت البوصلة، وهذه التلال هناك كانت تعطي ظلالا عنيفة، و..
قاطعه القائد في ثورة:
- لا أريد أية مبررات.. أنت سائق فاشل.. هذا هو المبرّر الوحيد.. هل يمكنك أن تخبرني، كيف أبرّر فشلك هذا أمام القيادة؟!.. كيف أشرح لهم

---

[٢] عجلة الجاذبية الأرضية: سرعة سقوط جسم ما، بفعل الجاذبية الأرضية، وهي تساوي ٩٨١ سم في الثانية الواحدة، أو ٣٢,٢ قدم/ ثانية.

أننا كنا في طريقنا إلى الغرب، فوجدنا أنفسنا في الشرق؟!.. خمس سيارات تحت قيادتي، وأكثر من ثلاثين جنديًا يضلّون طريقهم في قلب الصحراء، ويخسرون مواقعهم المحدودة، بسبب غباء سائق.. ماذا أفعل بحق الشيطان؟.. هل يكفي أن تنطبق السماء على رأسك، و...

بتر عبارته بغتة، وهو يحدّق في السماء، قبل أن يهتف في انفعال:

- يا للشيطان!

رفع الجميع عيونهم إلى السماء، مع هتافه، وأبصروا في آن واحد تلك النقاط التي توزعت فيها على نحو عشوائي، والتي راح بعضها يتحوَّل إلى كرات أكبر حجمًا، في حين صاح القائد، وهو يلتقط مسدسه بحركة غريزية:

- فليقطع ذراعي إن لم يكن هذا فريقًا من المظليين المصريين.

وانتفض جسده من فرط الانفعال، وهو يربّت على ظهر سائقه في قوة، مستطردًا:

- مرحى يا رجل.. يبدو أن حاستك السادسة[3] هي التي قادتك إلى هذا الخطأ الليلة.. ويالها من مفارقة! ربما تتلقى وسامًا بسبب خطأ سخيف.

ولوَّح بيده لرجاله، هاتفًا:

- هيا.. أطفئوا أنوار سياراتكم، وأخفوها في أي مكان، ثم انتشروا في المنطقة، وانتظروا إشارتي، لنحصد هؤلاء المصريين حصدًا.

قالها، وقهقه ضاحكًا في جذل ظافر، مستطردًا:

- لقد اختاروا هذه البقعة لهبوطهم، في عبقرية نادرة، لأنهم يعلمون أنها ستكون خالية من الدوريات تمامًا الليلة، مع حركة الانتقالات الدورية، بمناسبة عيد (كيبور)[4].

ثم ربَّت على ظهر سائقه مرة أخرى في عنف، مضيفًا:

- ولكن الخطأ الذي ارتكبته أفسد خطتهم يا رجل.. كم أشعر بالسخرية، كلما تخيلت وجوه رجال مخابراتهم، الذين أرهقوا أنفسهم في جمع

---

[3] الحواس الخمس المعروفة هي: السمع، والبصر، والشم، واللمس، والكلام ويطلق مصطلح (الحاسة السادسة) على القدرة على الشعور بالخطر.

[4] عيد كيبور: عيد الغفران عند الطوائف اليهودية.

المعلومات وتحديد نقطة الهبوط، ثم نفاجئهم نحن بسحق رجال مظلاتهم سحقًا.

والتقط نفسًا عميقًا، وهو يشير للرجال، قائلًا في حزم:

- هيا.. أعدوا أسلحتكم.. إنهم لا يتوقعون وجودنا.. سنستفيد بعامل المفاجأة إلى أقصى حد.. وبالمناسبة..

وتألقت عيناه، وشفتاه تحملان ابتسامة كبيرة جذلة، مع استطرادته:

- لا أريد أحياء.

وعاد يقهقه ضاحكًا..

☆ ☆ ☆

كانت مفاجأة حقيقية له ألا تنفتح مظلته..

لقد اختبرها ثلاث مرات متتالية على الأرض، كما تقتضي التعليمات، قبل أن تقلع الطائرة، وفي كل مرة كانت تعمل بشكل طبيعي..

ولكن ما فائدة التفكير فيما حدث؟!..

المهم الآن هو ما سيحدث..

الأرض تقترب بسرعة كبيرة، وكلما أصبحت أكثر قربًا، تفقد المظلة أهميتها وفاعليتها، حتى لو انفتحت..

وبتقدير جزافي سريع، أمامه خمس ثوان فحسب لحسم الموقف.. وإلا..

وفي سرعة وحزم، حلَّ حزام مظلته، وانتزعها من كتفيه، وفحص قفلها الخاص..

وعرف السبب من اللحظة الأولى..

لقد انعقد جزء من ذلك الخيط، الذي يفتح المظلة، مع سلسلة القفل، فأعاق عملية الجذب الطبيعية..

وفي حسم شديد، وسرعة مدهشة، وثبات أعصاب يحسد عليه، راح يحلّ العقدة، ويفصل الخيط عن السلسلة..

والأرض تقترب أكثر وأكثر.

وعندما انتهى من عمله، كان قد تجاوز بالفعل الحد الآمن لفتح المظلة، وبدت له الأرض أقرب مما يتصوَّر..

ثم إنه قد ابتعد كثيرًا عن ذلك الموقع، الذي هبط فيه رفاقه، مع تحكمهم البارع في اتجاهات الهبوط..

- ولكن ما من سبيل آخر.

كان المفروض أن يعيد المظلة إلى كتفيه، حتى لا ينتزعها ضغط الهواء منه، عندما تنفتح، ولكن الوقت لم يكن يكفي لفعل هذا..

وهكذا تشبَّث بحزامي المظلة، بكل ما يملك من قوة، وأحاطهما بساعده الأيسر، الذي برزت عضلاته على نحو عجيب، ثم جذب الخيط..

وانفتحت المظلة هذه المرة..

ومع عنف الهواء، كادت تنتزع ساعده من جسده، وتفلت منه تمامًا، لولا أن استنفر كل ذرة من قوته، وتشبث بالحزامين بقبضته اليمنى أيضًا..

إلا أن قصر المسافة، لم يسمح للمظلة بالعمل كما ينبغي..

صحيح أن سرعة الهبوط انخفضت كثيرًا، ولكن الصحراء مازالت تقترب في سرعة، و..

وارتطم جسده بالرمال في عنف..

كانت الصدمة أكبر مما توقع، حتى أن كل عظمة في جسده صرخت ألمًا، وهو يتدحرج فوق الرمال، ويحيط به قماش المظلة..

ومن بعيد، تناهى إلى مسامعه صوت يصرخ بالعبرية:

- الآن يا رجل.

ثم ارتفع دوي رصاصات من خلف التل، ممتزجًا بصوت قائد مجموعته، وهو يصرخ:

- إنه فخ.. قاتلوا بكل قوتكم.. إنه فخ..

وتعالى دوي الرصاصات بشدة، حتى بدا له وكأنه يدوي فى أعماقه، وحاول النهوض، وهو يتشبَّث بمدفعه الآلي بكل قوته..

ولكن فجأة، أظلم كل شيء من حوله، و...

وفقد الوعي..

على رمال (سيناء)

على الرمال

السادس من أكتوبر.. عام ١٩٧٣م..

العاشر من رمضان.. عام ١٣٩٣ه..

توسَّطت الشمس كبد السماء، وألقت أشعتها الحارة فوق الرمال، التي تصاعدت حرارتها تدريجيًا، وانطبعت فوقها آثار ضئيلة، لعقرب أسود صغير[٥]، راح يتحرك فوقها في بطء، وذيله القائم فوقه يهتز في شيء من التوتر، في رحلة بحثه عن فريسة، يشبع بها جوعه، بعد أن انتصف النهار أو كاد.

ودون اهتمام خاص، تسلق العقرب جسد ذلك الراقد على الرمال، الذي سكنت حركته تقريبًا، إلا من أنفاس شبة منتظمة، يعلو بها صدره ويهبط في رفق..

وعبر العقرب ذلك الجسد في بطء، وكأنما يعبر صخرة عادية، من تلك الصخور التي تتناثر أحيانًا هنا وهناك، في قلب الصحراء، حتى بلغ عنقه، فتسلَّل عبره إلى وجهه وأنفه، و...

واستيقظ الشاب بغتة.

استعاد وعيه في نفس اللحظة، التي عبر فيها العقرب أنفه..

وفي تلك اللحظة، كان أي تصرف عنيف، وأية حركة مباغتة، أمر كاف ليتوتر العقرب، ويشعر بالخطر، و..

ويلسع خصمه..

وهنا تجلّت قوة أعصاب الشاب وشجاعته..

كان قد استعاد وعيه على الفور، ومازال ذهنه يعاني بعض التشوش والارتباك، وعلى الرغم من هذا، فلم يكد يلمح العقرب الأسود، حتى تجمد في مكانه تمامًا، وحبس أنفاسه كلها، وحرص أشدّ الحرص على ألا تصدر منه أدنى حركة، تكفي لإثارة ذلك الكائن الضئيل القاتل..

---

[٥] العقرب: حيوان عنكبي نشيط، يكثر بالمناطق الدافئة والحارة، ويتغذى على الحشرات، له في مقدمة كلابتان قويتان، وفي المؤخرة زبان شوكي مرفوع لأعلى، ينتهي بمخلب قوي، ينفذ منه السم، عند انغراسه في جسم الفريسة، وهو سم شديد الفاعلية والتأثير.

لذا فقد واصل العقرب رحلته في هدوء، وقفز من الأنف إلى العين اليسرى، ثم الأذن، وبعدها عاد إلى رمال الصحراء..

وعندئذ فقط، اعتدل هو فى سرعة، وانتزع خنجره من غمده، عازمًا على قتل العقرب، ولكنه تراجع في اللحظة الأخيرة.. فنظر إلى العقرب في توتر، ثم تركه يذهب إلى حال سبيله.

إنه يرقد على رمال (سيناء)[٦]، فاقد الوعي منذ فترة ليست بالقصيرة؛ لأن الشمس توسطت السماء أو كادت، وحرارة جسده أكثر ارتفاعًا..وبسرعة، وبدون مزيد من التفكير، نهض يجمع مظلته، ودفنها في رمال الصحراء، ثم حمل أسلحته كلها، ومدفعه الآلى، وتأكد من صلاحية جهاز اللاسلكي الذي يحمله، قبل أن يتوجَّه ببصره وتفكيره إلى التبة القريبة..

لم يكن جسده قد تخلّص من آلام الرضوض والكدمات بعد، إلا أن ذاكرته راحت تستعيد كل ما سمعه أمس، قبل أن يفقد وعيه تمامًا، فتوترت أعصابه، وأسرع الخطا نحو قمة التبة، و...

وانعقد حاجباه في توتر وانفعال عنيفين..

ولقد كان المشهد بشعًا بحق..

كل رفاقه صرعى برصاصات العدو الغادرة، على رمال (سيناء)، التي امتزجت بدمائهم الطاهرة.

كلهم بلا استثناء..

حتى القائد، تلقى أكثر من تسع رصاصات، في صدره وبطنه ورأسه..

ويا للبشاعة!..

أي شخص في موضعه، كان سيشيح بوجهه على الأقل، حتى يتجنب المشهد الرهيب..

ولكنه لم يفعل..

لقد ظل يتطلّع إلى الجثث الممتزجة بالدماء، وكأنما يصر على أن يملأ عينيه وكيانه كله بهم، حتى لا ينسى ما أصابهم قط..

---

[٦] سيناء: محافظة في شمال شرق (مصر)، تأخذ شكل مثلث، قاعدته في شمال ساحل البحر الأبيض المتوسط، وينتهي جنوبًا (برأس محمد)، في البحر الأحمر، ويحده شرقًا خليج العقبة، وغربًا قناة السويس.. وبها دير (سانت كاترين)، وعدد من المناجم الأثرية، وآبار البترول.

نعم.. كان يصرّ على ألا ينسى..
سيذكر هذا إلى الأبد..
يذكر أن جنود العدو قتلوا كل رفاقه، دون أن يحاولوا أسرهم، لم يجشموا أنفسهم حتى مشقة دفن جثثهم..
لقد تركوها نهبًا للذئاب والطيور الجارحة، دون رحمة أو اهتمام..
وفي أعماقه، نمت دمعة كبيرة، ولكنها أبدًا لم تجد سبيلها إلى عينيه..
لا وقت لديه للدموع..
إن عليه أن يحفر حفرة كبيرة..
مقبرة جماعية، تكفي لدفن الجميع..
وبكل الهمة والألم، راح يحفر.. ويحفر.. ويحفر..
وعندما أشارت عقارب الساعة إلى الواحدة وأربعين دقيقة بالضبط، كان قد انتهى من مهمته، وواری رفاقه كلهم التراب..
وعندئذ..
عندئذ فقط، ضغط زر جهاز الاتصال، لينقل الخبر إلى (القاهرة)..
ولكن فجأة، تراجع في قراره..
كلًا.
لن يبلغ (القاهرة)..
لن يتسبَّب في إرباك خطة الحرب كلها..
لقد هبطت فرقته هنا، وبذلت دماءها على رمال (سيناء) الغالية، من أجل تحقيق هدف واحد..
منع وصول طابور الدبَّابات الحديثة إلى الخطوط الأمامية العدو..
مهما كان الثمن..
وانعقد حاجباه في عزم وصرامة، مع تلك الفكرة الجنونية، التي ملأت رأسه، واشتعلت في كيانه، وجرت في عروقه مجرى الدم.
سيواجه وحده طابور الدبَّابات، وسيبذل قصارى جهده؛ لمنعه من الوصول إلى الصفوف الأمامية للعدو..
وبأي ثمن..

☆☆☆

انعقد حاجبا القائد العسكري الإسرائيلي لجبهة (سيناء)، وهو يراجع تقارير المراقبة الدورية، قبل أن يرفع عينيه إلى قائد لواء السيارات، قائلًا في غضب وحدة:

- أكثر ما يخنقني هو أنك تشعر بالفخر لما فعلت.

ارتسمت الدهشة على وجه قائد الدورية، وهو يقول:

- أليس من المفروض أن أفعل.. لقد قضى رجالي على فرقة كاملة من المظليين المصريين، دون أن نفقد سوى أربعة رجال.. ما النصر إذن، لو لم يكن هذا؟

صاح قائده في وجهه:

- أما زلت تذكر ما تعلمته من الدراسات العسكرية يا رجل؟!.

ألم يخبرك أحد عن أهمية وضرورة الحصول على أسرى أحياء، من قوات العدو؟

انتفض قائد الدورية في حدة، وهو يقول:

- أي أسرى؟!.. إنك تتحدَّث بهذه الغطرسة لأنك تجلس خلف مكتبك.. من الواضح أنك لا تعرف كيف يقاتل هؤلاء الرجال.. لقد أعددنا لهم فخًا محكمًا، وباغتناهم بفتح النيران عليهم، دون سابق إنذار، وعلى الرغم من هذا فقد قاتلوا كالوحوش.. ياللشيطان!.. لن أنسى ذلك المشهد ما حييت.. كانت الدماء تنزف من كل جزء في أجسادهم، وسبَّاباتهم مازالت تضغط أزندة مدافعهم، وأيديهم تمتلك القوة الكافية، لإلقاء قنابلهم علينا.. لقد كان جحيمًا رهيبًا، حتى أنني تصوَّرت أننا نحن الذين وقعوا في الفخ، ولست أدري حتى هذه اللحظة، كيف أبدناهم عن آخرهم، دون أن نخسر أكثر من هؤلاء الرجال الأربعة!

دق قائده سطح مكتبه بقبضته، صارخًا:

- راجع أقوالك يا رجل.. الدنيا كلها تعرف أن الجيش الإسرائيلي هو أقوى جيش في العالم..

أطلق الرجل ضحكة عصبية ساخرة، وهو يقول:

- رويدك يا سيِّدي.. أنا ضابط في ذلك الجيش، ولست واحدًا من هؤلاء السذج، الذين توجهون إليهم أبواق دعاياتكم.. أنا أعرف الحقيقة كلها، وأشاهد بنفسي ما يحدث، داخل صفوف الجيش القوي العظيم..

لوَّح قائده بيده في وجهه، صائحًا:

- لو أنك تفهم شيئًا، لما قتلت المظليين المصريين كلهم..

ألم تسأل نفسك: لماذا اختاروا هذه البقعة للهبوط، على الرغم من أنه لا توجد حولها أية أهداف عسكرية مناسبة لهم؟!

بدت الحيرة على وجه قائد الدورية، وتمتم مرتبكًا:

- ربما أنهم..

لم يجد ما يكمل به عبارته، فانعقد حديثه في حلقه، وتضاعفت معالم الحيرة في وجهه، فتابع رئيسه في حدة أكثر:

- ألم تسأل نفسك: لماذا أرسل المصريون فرقة مظلات كاملة هذه المرة.. ألم تحاول فحص معداتهم وأسلحتهم؟!.. ألم تنتبه إلى أن تسليحهم يفوق التسليح التقليدي المعتاد، في المهمات البسيطة؟!...

ثم تحوَّل صياحه إلى صراخ، وهو يختم حديثه:

- ألم يدر بخلدك لحظة أن العملية تفوق المعتاد؟!.. ألم تتساءل لحظة واحدة: ما الهدف هذه المرة؟!

قال قائد الدورية في حذر:

- وماذا يمكن أن يكون هدفهم؟

صرخ قائده:

- هل تسألني؟؟

ثم استدار يشير إلى خريطة (سيناء)، مستطردًا:

- ها هو ذا هدفهم.

ارتفع حاجبا قائد الدورية في دهشة واستنكار، قبل أن يهتف:

- مستحيل!.. لن يخطر ببال المصريين أبدًا أن...

قبل أن يتم عبارته، اقتحم أحد مساعدي القائد العسكري الحجرة، وانتفضت كل ذرة في كيانة، وهو يصرخ:

- سيّدي القائد.. المصريون عبروا قناة (السويس)[٧]، ويقتحمون الآن خط (بارليف).
وهنا شهق قائد الدورية شهقة عنيفة، كادت تنتزع روحه من جسده.
لقد كانت المفاجأة مدهشة..
بل مذهلة..
مذهلة تمامًا..

☆☆☆

شقّ سماء (سيناء) صوت كهزيم الرعد، عندما عبرتها الطائرات المصرية المقاتلة دفعة واحدة، وفي توقيت متناسق، إلى حد يدعو للدهشة والإعجاب، وراحت تصلي (خط بارليف) الأسطوري نيرانها، وتلهبة بقذائفها، في نفس اللحظة التي دوت فيها المدافع المصرية على الجانب الغربي لقناة (السويس)، وانفجرت قنابلها في تحصينات العدو ومخازنه، وفي خط (بارليف)، لتجبر الإسرائيليين على الانزواء داخلها، في حين انطلق الجنود المصريون البواسل يعبرون قناة (السويس)، أقوي مانع مائي في التاريخ، وحناجرهم تطلق أعظم هتاف في الكون كله..
الله أكبر..
الله (سبحانه وتعالى) أكبر وأقوى من المعتدين..
ومن الدنيا كلها..
وكما توقع الخبراء تمامًا، لم يكد العدو يستوعب ما حدث، ويفيق من صدمته الأولى، حتى أطلق الإشارة لطابور الدبابات الحديث، الذي انطلق من مكمنه على الفور، في طريقه إلى الخطوط الأمامية، للتصدّي للهجوم المصري العنيف..
وفوق تبة صحراوية طبيعية، رقد هو بكامل تسليحه، وبعشرات القنابل اليدوية التي يحملها، والتي استعار معظمها من جثث رفاقه قبل دفنهم،

---

[٧] قناة السويس: قناة ملاحية، شمال شرق (مصر)، تمتد من (بورسعيد)، على البحر المتوسط، حتى (بور توفيق) بالقرب من (السويس)، وهي أهم شريان ملاحي في العالم، تم حفرها في عهد الخديوي (سعيد) (١٨٥٩ -١٨٦٩م)، وخضعت للسيطرة الإنجليزية، حتى أممها الرئيس (جمال عبد الناصر) في (٢٦ يوليو ١٩٥٦م).

يراقب الطريق بمنظاره المقرب، في انتظار ظهور الدبَّابات في أية لحظة..
وفي أعماقه، راح يتمنى أن تكون المخابرات المصرية محقة في تقديرها، وفيما لديها من معلومات، تشير إلى أن طابور الدبابات الحديثة سيتخذ هذا الدرب بالتحديد، في ظروف الطوارئ..
وما زال يذكر ذلك اليوم، الذي شرح لهم فيه قائده (رحمه الله) هذه الخطة..
يومها سأل القائد في حيرة:
- مادامت مخابراتنا قد نجحت في تحديد موقع الطابور بهذه الدقة يا سيّدي، فلم لا يتم قصفه بواسطة الطيران؟!
ابتسم القائد يومئذ، وهو يقول:
- سؤال جيد، وكنت أتوقعه منك بالذات.. نعم.. لماذا لا يتم قصف الطابور مباشرة بالطائرات، بدلا من المخاطرة بإرسال فريق خاص لأداء المهمة؟!.. الجواب هو أن هذه الدبابات الحديثة مزودة بوحدة صواريخ دفاع جوي من طراز خاص، يتم توجيهها بوساطة الكمبيوتر وأشعة الليزر، كما أن بها رادارات خاصة، يمكنها رصد الطائرات، من مسافة ثلاثين كيلو مترًا، وإطلاق الصواريخ الدفاعية نحوها، قبل سبع ثوان.. إنها أحدث المخترعات والمبتكرات الأمريكية، التي تحظى بها (إسرائيل)، بصفتها الطفل المدلّل لأمريكا، ورجالنا لم يتدربَّوا على التعامل معها بعد.
سأله في اهتمام:
- أهذا يعني أننا لو نجحنا في نسف وحدة صواريخ الدفاع الجوي، تكون المهمة قد نجحت؟.. أعني أننا بذلك نكون قد أزحنا العقبة، وأصبح بإمكان طائراتنا قصفها، وتدمير الطابور كله.
أومأ القائد برأسه إيجابًا، وهو يقول:
- هذا صحيح نظريًا، ولكن الإسرائيليين يخفون تلك الوحدة بين طابور الدبابات، فى هيئة تماثل الدبَّابات نفسها، ويبدلون موقعها في كل مرة،

بحيث تستحيل معرفته، أو تحديد موقع الوحدة، لذا فليس أمامنا سوى أن نهاجم الطابور كله.

«من القيادة إلى (اعتراض-٣).. حدد موقعك، ومدى استعدادك للتصدي لطابور النمل، ومنعه من بلوغ علبة السكر..».

انبعث ذلك النداء فجأة من جهاز اللاسلكي، الذي أخذه من جثة القائد، فأسرع يلتقطه، وضغط زر الاتصال فيه، وهو يجيب:

- من (اعتراض-٣) إلى القيادة.. أنا في الموقع (صفر)، وما زلت في انتظار طابور النمل.

مرَّت فترة من الصمت، قبل أن يأتيه صوت حذر، يقول:

- من القيادة إلى (اعتراض-٣).. حدَّد شخصيتك وموقعك.

أجابه في حزم:

- أنا (صاعقة ١٤٤)، أتحدَّث من الموقع (صفر).

مضت فترة صمت أخرى، قبل أن يسأله صوت صارم متشكك:

- لماذا تجيب النداء يا (صاعقة ١٤٤)؟!.. أين قائدك، وما موقف الفرقة؟!

أجابه على الفور، في صوت يحمل رنة حزن ومرارة:

- الجميع أبيدوا في كمين مباغت.. القائد، والرفاق.. كل الزملاء.. الجميع لقوا مصرعهم.

هتف صاحب الصوت في ارتياع:

- ماذا تعني يا (صاعقة ١٤٤)؟!.. ألم يعد هناك سواك؟

أجابه في حزم:

- نعم.. لم يعد هناك سواي، ولكن المهمة ستتم بإذن الله.

صاح صاحب الصوت:

- ستتم؟!.. لم يعد هناك وجود للمهمة يا رجل.. لماذا لم تبلغنا من قبل؟

أجابه في لهجة أشد حزمًا وعنادًا:

- المهمة ستتم بإذن الله.

هتف صاحب الصوت:

- هل جننت يا هذا؟.. كان المفروض أن...

أبعد الجهاز عن أذنه بحركة سريعة، قبل أن يكمل مندوب القيادة عبارته، ووضع منظاره المقرب على عينيه مرة أخرى، ثم عاد يهتف عبر جهاز الاتصال:

- لقد وصل طابور النمل.. أنا مستعد لأداء المهمة.

هتف الصوت ذاهلاً:

- مستعد لماذا..؟

ولكن الشاب أنهى الاتصال بضغطة زر حازمة، وعلق الجهاز في حزامه، ثم ثبت خوذته فوق رأسه، وجذب إبرة مدفعه الآلي، ورقد يراقب طابور الدبَّابات الحديثة، وهو يقترب..

ويقترب..

ويقترب..

☆☆☆

حرب رجل واحد

وقف قائد القوات الخاصة المصرية، وسط زملائه من قادة القوات، حول مائدة العمليات الحربية، يتابعون مع وزير الحربية (آنذاك)، ورئيس الجمهورية، تطورات القتال، فوق نموذج ضخم مجسَّم لساحة المعركة، وسحب الرئيس نفسًا من غليونه بضع لحظات، قبل أن يسأل الوزير وهو ينفث دخانه:

- ما موقف الأولاد هناك، في قلب (سيناء)؟

أجابه الوزير بسرعة:

- كلهم في مواقعهم يا سيادة الرئيس.. اطمئن.. إنهم يعرفون كيف يؤدون واجبهم.

أومأ الرئيس برأسه، مغمغمًا:

- أعلم هذا.. أعلم هذا.

ثم أشار بطرف الغليون إلى قائد القوات الخاصة، مستطردًا:

- إننا نعتمد اعتمادًا كبيرًا على رجالك.

شدّ القائد قامته، وهو يجيب في ثقة:

- اطمئن يا سيادة الرئيس.. رجالى تلقوا تدريبات خاصة ستجعلهم يبهرون الإسرائيليين، عندما تحين لحظة المواجهة معهم، وعندما...

قاطعه ظهور أحد رجاله، وهو يؤدي التحية العسكرية في احترام، ويمد يده إليه بإشارة عاجلة، فالتقطها قائلا:

- معذرة يا سيادة الرئيس.. يبدو أنها رسالة عاجلة من الرجال.

وألقي نظرة على الورقة، ثم ارتفع حاجباه في دهشة بالغة، كانت تكفي، في ظل هذه الظروف، ليعقد الرئيس حاجبيه في توتر، ويهتف بالوزير:

- ماذا هناك يا رجل؟

رفع قائد القوات الخاصة عينية إليهما في ارتياع، قائلًا:

- فرقتي الخاصة (اعتراض-٣)، تمت إبادتها بالكامل، في قلب (سيناء).

نفث الرئيس دخان سيجارته، وسعل في قوة، في حين قال الوزير:

- ماذا تقول؟!.. أليست هذه هي الفرقة المسؤولة عن منع طابور الدبَّابات الحديثة من الوصول إلى الخطوط الأمامية للعدو؟

أومأ قائد القوات الخاصة برأسه، قائلًا:
- إنها هي.
تبادل الرئيس والوزير نظرة شديدة التوتر، فاستدرك قائد القوات الخاصة بسرعة:
- لقد تبقى منها رجل واحد.. اسمه الكودى (صاعقة-١٤٤)، ولقد وصل بالفعل إلى الموقع (صفر).
وقال الوزير في حدة:
- وما الذي يمكن أن يفعله رجل واحد؟
نفث الرئيس دخان غليونه في عمق، قبل أن يقول:
- لا أحد يدري.. في الحروب، رجل واحد قد يصنع فارقًا ضخمًا..
ران عليهم الصمت لحظات، بعد عبارة الرئيس، ثم قطعه قائد القوات الخاصة، وهو يقول:
- دعونا نمنحه الفرصة إذن.. إنه هناك، وكما يقول سيادة الرئيس: لا أحد يدري ما الذي يمكن أن يحدث في الحروب.. ثم إنه ليس أمامنا سوى هذا، أليس كذلك؟
تبادل الرئيس نظرة أخرى مع الوزير، ثم قال:
- هذا يتعارض مع خططنا تمامًا، ولكن الحرب اندلعت بالفعل، ولم يعد التراجع ممكنًا.. هيا.. دعونا نكمل الطريق، وعلى بركة الله.
وكان هذا فصل الختام..

☆☆☆

ظهر طابور الدبَّابات الحديث، من خلف تل الرمال البعيد، وراح يتقدّم في بطء، متخذًا نفس المسار، الذي حددته المخابرات من قبل..
ثلاثون دبَّابة تتحرك في تشكيل ثنائي، وتفصل كل دبَّابة عن الأخرى مسافة ثلاثة أمتار، عبر مسار متعرج، جعل المشهد كله أشبه بثعبان آلي هائل، يشق طريقه عبر صحراء (سيناء)..
وفي تلك اللحظة فقط، بدأ هو يشعر بالقلق..

- كيف يمكنه أن يتصدّى وحده لكل هذه الدبابات، مع تسليحها الحديث؟..
كيف يمكنه أن يراوغها، في وضح النهار، وأشعة الشمس تغمر المكان كله، وتكشف مسيرة نملة على آفاق البصر؟!..
أخذ يبذل قصارى جهده لدراسة الأمر كله، وتقليب الأمور في ذهنه، محاولًا إيجاد حل منطقي للموقف، ويراجع أسلحته، و...
وفجأة، تكونت الخطة كلها في رأسه..
هكذا، كطلقة رصاص، أصابت تلافيف مخه، ففجَّرت فيها كل قدرات التخطيط والتدبير والإبداع..
ودون أن يضيع ثانية واحدة، انطلق يعدو بأقصى سرعته، مستترًا بالمرتفعات الرملية، ومتخذًا نفس المسار، المفترض أن يتخذه طابور الدبَّابات..
وعندما بلغ منعطفًا خاصًا، قفز إلى الجانب الآخر للمرتفع، وراح يحفر الرمال في سرعة مدهشة:
كان يعتمد اعتمادًا كاملًا على ثقل الدبابات، الذي يجبرها على السير بسرعات بطيئة نسبيًا، وهو يصنع مكمنًا وسط الرمال، ثم يخفي جسده داخله، ويضع سترته فوقه، ويدفن نفسه تقريبًا، ثم يجلس لينتظر، وكيانه كله مشبع بالحماس والحزم..
ولم تمض دقائق معدودة، بعد أن أخفي نفسه وسط الرمال، حتى رأي، عبر فرجة صغيرة، طابور الدبابات يتجه نحوه..
ودون مبرر منطقى، كتم أنفاسه تمامًا، وهو يتابع طابور الدبَّابات، الذي عبر أمامه في بطء، في تشكيل مزدوج، بحيث تستطيع كل دبَّابة مراقبة زميلتها طوال الوقت، من خلال مراقب يبرز نصفه من فتحة الدبَّابة العلوية..
وانتظر حتى عبر آخر زوج من الدبَّابات، ثم وثب من قلب الرمال، وألقى واحدة من قنابلة اليدوية بأقصى قوته، نحو الجانب الأيمن للطابور..
وانفجرت القنبلة وسط الرمال..

ومع انفجارها، التفتت العيون جميعها إلى موضعها، وتوتر المراقبون، وهم يبحثون عن مصدرها.

وفي تلك اللحظة، التي التفتت فيها كل العيون إلى اليمين، وثب هو فوق جنزير آخر دبَّابة إلى اليسار، ومنه إلى برجها، وأحاط عنق مراقبها بساعده الأيسر، ثم انتزعه من مكانه بقوة فولاذية، وهو يغمد خنجره في قلبه، قبل أن يلقيه بعيدًا، ويقفز داخل الدبَّابة..

وكانت مفاجأة لطاقم الدبابة الإسرائيلي، شلَّت حركتهم لحظة، كانت كافية ليطلق هو رصاصاته، ويعمل خنجره فيهم، بكل ما اكتسبة من قوة ومهارة، وكل ما تلقاه من تدريبات مكثفة مدروسة..

ولم تمض ثوان معدودة، حتى كانت له السيطرة الكاملة على تلك الدبَّابة.. ولكن وسط جيش من الدبَّابات المعادية..

لم يكن قد تعامل من قبل مع دبَّابات مماثلة، إلا أنه وزملاؤه الراحلون تلقوا تدريبًا محدودًا على قيادة الدبَّابات المصرية، قبل بدء المهمة.. ولم تكن الاختلافات كبيرة بين النوعين..

يكفي أن يضغط هذه الدراسة، ويدفع هذا الذراع، ويجذب تلك الرافعة، وستنطلق الدبَّابة في مسارها..

وكانت المفاجأة الثانية للإسرائيليين، عندما اندفع بدبَّابته وسط الدبابات الأخرى، وراح يرتطم بها، ويضربها في تهور عنيف، وعقله يستعيد معلوماته السابقة عن الدبَّابات، التي تؤكد له أن مدفع الدبابة يفقد فاعليته مع الأهداف القريبة.

وتشتَّت طابور الدبابات واضطرب، مع ذلك الهجوم المباغت الجنوني، وخاصة عندما امتزجت الدبَّابات بعضها بالبعض، وصار من العسير تحديد الدبَّابة المارقة، وسط الارتباك الحادث، فهتف قائد الطابور في غضب:

- استعيدوا التشكيل، وحاصروا الدبَّابة التي سيطر عليها العدو، واحموا وحدة الدفاع الجوي.

تلقى جهاز اللاسلكي، في الدبَّابة التي سيطر عليها، ذلك الهتاف بالعبرية، فترجمه عقله المدرَّب بسرعة إلى العربية، وأدرك أن الإسرائيليين سيبذلون جهدهم لحماية وحدة الدفاع الجوي الصاروخية التي تحمي وجودهم، وأنه بمراقبة ما سيفعلونه، سيمكنه تحديد موقعها بالضبط..
ولكن السؤال هو: كيف يمكنه الوصول إليها بعد تحديدها؟!..
وبسرعة، راح عقله يعد الخطة الجديدة، وهو يراقب تحركات الدبَّابات، عبر النافذة المستعرضة الصغيرة داخل دبَّابته..
ودون أن يبعد عينيه عن النافذة، أخذ يبدل ثيابة العسكرية بزي أحد أفراد الطاقم، حتى حدد موقع وحدة الدفاع الجوي الصاروخي، وهنا فتح باب برج الدبابة، ووثب خارجه، وهو يصرخ بالعبرية:
- لن تهزمنا أيها المصري.. لن تنجح أبدًا.
قالها، وأردف قوله بإطلاق رصاصات المدفع الآلى داخل الدبابة، قبل أن يقفز منها إلى الأرض، هاتفًا بالعبرية:
- إنه هنا.. المصري هنا.
التفت الجميع إلى الدبَّابة التي غادرها على الفور، وانطلق وابل من النيران نحوها، ولكن القائد الإسرائيلي انتبه إلى الخدعة، فصاح عبر أجهزة اللاسلكى:
- لا تجعلوه يخدعكم.. إنه أحد جنود العدو.. اقتلوه.. اقتلوه بسرعة.
كان يعدو بأقصى سرعته نحو وحدة الدفاع الجوي، عندما تناثرت الرصاصات من حوله كالمطر، وشعر برصاصة تخترق ظهره، وأخرى تغوص في فخذه، وثالثة تعبر لحم ذراعه اليسرى، وتخرج مع خنجر من الألم، من جانبها الآخر..
ولكنه لم يتوقف لحظة واحدة..
إرادته الفولاذية تجاهلت كل جراحه وآلامه، وجعلته يواصل طريقه، ويقفز فوق الدبَّابة التي تخفي وحدة الدفاع الجوي الصاروخي، وقائد الدبَّابات يصرخ:
- اغلقوا برج الوحدة.. لا تسمحوا له بالدخول..

قفز أحد أفراد طاقم وحدة الدفاع الجوي الصاروخي، محاولا إغلاق البرج من الداخل، إلا أن جندي الصاعقة المصري كان الأسبق إلى البرج، ففتحه في قوة وعنف، ودفع فوهة مدفعه الآلي عبره، هاتفا:

- كان ينبغي أن تغلقه من البداية يا رجل.

أصابته رصاصة رابعة في كتفه الأيسر، وحطمت عظمة الكتف، وهو يطلق نيران مدفعة الآلي على طاقم الوحدة الإسرائيلي، ومزقت خامسة جزءًا من لحم عنقه، وهو يثب داخل الوحدة، ويغلق باب البرج خلفه في إحكام..

كان غارقًا في دمائه، ويغوص في بركة دم إسرائيلية، وحوله جثث أربعة من القتلى، ولكنه تغاضى عن كل هذا، وهو يعيد ضبط جهاز اللاسلكي على موجة القيادة، ويهتف:

- من (صاعقة-١٤٤) إلى القيادة.. أنا في الموقع (صفر+٢).. تمت السيطرة على وحدة الدفاع.. أرسلوا النسور للقضاء على طابور النمل.

جاء هتافه في نفس اللحظة، التي صرخ فيها قائد الطابور الإسرائيلي في ثورة:

- أيها الأغبياء.. إنه فرد واحد.. كيف سمحتم له بهذا.. لقد احتل وحدة الدفاع الصاروخي.. تراجعوا على الفور.. اتخذوا مسار الطوارئ بسرعة.

وعلى الرغم من غضبهم وحنقهم، استدار رجال الطابور بدبَّاتهم، وانطلقوا يبتعدون عن مسارهم الأصلي..

وكان هذا كفيلا بإفساد العملية كلها..

إفسادها تمامًا..

☆☆☆

تلقى قائد القوات الخاصة رسالة الشاب بدهشة عارمة، وهتف في حماس:

- اسمعوا هذا.. لقد سيطر وحده على الموقف، وعلى وحدة الدفاع الصاروخي.

ارتفع حاجبا الرئيس في دهشة، وعض بأسنانه على غليونه، في حين هتف الوزير:

- مستحيل!.. رجل واحد فعل هذا!

أجابة قائد القوات الخاصة في انبهار:

- لقد قالها سيادة الرئيس.. رجل واحد يمكنه أن يصنع فارقًا.. لست أدري كيف فعلها، ولكنه يؤكد سيطرته على وحدة الدفاع الصاروخية، ويطالبنا بإرسال الطائرات القصف الطابور كله.

قال الوزير في توتر:

- هذا يبدو أقرب إلى الفخ.. ربما سيطر الإسرائيليون على الشاب، ويجبرونه على إرسال هذه الرسائل، حتى يستدرجوا طائرتنا، وينسفونها بصواريخهم.

أجاب قائد القوات الخاصة في حزم:

- رجالي يفضلون الموت، على القيام بعمل واحد، من شأنه تعريض أمن وطنهم للخطر.

قال الوزير في إصرار:

- مازال الأمر يبدو لي أشبه بالفخ.

نفث الرئيس دخان غليونه، وأشار بعصاه، قائلًا:

- لن نخسر شيئًا على أية حال.

التفت إليه الجميع، فتابع في رصانة حاسمة:

- لو أن رسالة هذا الشاب صحيحة، فهذا يعني أنه بذل الكثير، في سبيل تحقيق ما فعله، ومن الخسارة، كل الخسارة، أن يضيع عمله المدهش هذا هباء.. دعونا نفترض أنه صادق، وترسل ثلاث مقاتلات فحسب لمواجهة الطابور.. سنربح الكثير لو أننا نجحنا في تدميره، قبل أن يقلب دفة الأمور على الجبهة، ولن نخسر لو كان الأمر مجرد خدعة، سوي طائرة أو طائرتين، وهذا مقابل عادل لمخاطرة كهذه، قد تساعدنا على أن نربح معركتنا كلها.

ران الصمت على المكان لحظة، قبل أن يقول الوزير في حزم:

- أنا أتفق مع سيادة الرئيس.
أجابه قائد القوات الخاصة بسرعة:
- وأنا كذلك.
وهنا التقط الرئيس نفسًا عميقًا، وأومأ برأسه مرتين، قبل أن يقول:
- على بركة الله.. أرسلوا الطائرات..
وكان له ما أراد..

☆☆☆

«من القيادة إلى (صاعقة-١٤٤).. حدد موقع الطابور، وابتعد عن المكان، قبل أن تتم تصفيته..»
جاءه النداء عبر جهاز اللاسلكي في دبَّابته، فأجابه في حزم:
- لا يمكنني الابتعاد.. الطابور يتخذ مسارًا مختلفًا، لم يكن ضمن الخطة.. إنني أطارده في إصرار.. لن يمكنني الابتعاد.. إنني الآن في الموقع (صفر+ ٣/٢ ش).. أرسلوا الطائرات بسرعة.
هتف به مندوب القيادة
- الطائرات في طريقها إليك.. ابتعد بسرعة.. سيشتعل الجحيم بعد دقائق، ولكن يمكنهم تمييزك وسط الدبابات الأخري.
أجابه بسرعة:
دعك من عملية تمييزي هذه.. لو سمحت لهم بالابتعاد سأدخل في مجال الإصابة، وسيمكنهم نسفي تمامًا، ثم اتخاذ مسار غير معروف.. من الضروري أن أطاردهم على هذا النحو.. هذا يثير حنقهم وغضبهم، ولكنهم لا يتصوَّرون أنني سأطالبكم بقصفهم وأنا بينهم.. دعونا نستغل هذه الثغرة، ونباغتهم بهجوم شامل ساحق.. إنهم ينحرفون الآن إلى الموقع (صفر -٩/٦ ق)..
عاد مندوب القيادة يقول في إلحاح:

- إننا ننقل إرشاداتك إلى الطائرات.. حاول أن تتصل بقائد السرب الصغير مباشرة.. سنعطيك رقم موجته، ولكن ابتعد بالله عليك، قبل أن يتم قصف الطابور.

وهنا صرخ في غضب:

- لقد غيروا مسارهم مرة أخرى، ويتجهون إلى الموقع (صفر + ٧ ش).. إنهم يحاولون الفرار، يا رجل.. لابد من تواجدي بينهم.. من الواضح أن هذا يزعجهم بشدة، فقد بدأوا الالتفاف حولي، في محاولة لتطويقي ومنعي من الحركة، تمهيدًا لنسفي.. هيا يارجل.. استحث تلك الطائرات.. دعها تقصف الجميع.. هيا يا رجل.. لا تخاطر بمصير جيش كامل من أجل رجل واحد، أرسلهم بسرعة.. هيا.

نقل إليه جهاز اللاسلكي صوت تنهيدة عميقة، أعقبه صوت مندوب القيادة، وهو يقول:

- فليكن الله (سبحانه وتعالى) معك يا رجل.. الوداع.

انتهى الاتصال، وأسرع هو ينتقل إلى موجة الطائرات، هاتفًا:

- من (صاعقة-١٤٤) إى قائد النسور: هل تسمعني؟

أتاه صوت قائد السرب الصغير، يقول:

- أسمعك يا (صاعقة-١٤٤).. نحن في طريقنا إلى هناك.

في نفس اللحظة، التي تلقى فيها هذا النداء، كان القائد الطابور الإسرائيلي يهتف في غضب:

- مادام هذا المجنون مصرّ على تعقبنا، فدعونا نذيقه ما نجيد يا رجال.. سنشويه شيًا داخل وحدة الدفاع الصاروخي، التي أحكم سيطرته عليها..

وبناء على أوامره، برز بعض الجنود خارج دبّاباتهم، وألقوا قنابل النابالم[٨] على الوحدة، فانفجرت تشعل النيران في جنزيرها، وفيما حولها..

---

[٨] قنابل النابالم: قنابل حارقة، محظور استخدامها دوليًا، وهي تحمل مادة جيلاتينية خاصة، سريعة الاشتعال، تلتصق بالأجسام والأشياء، وتشتعل عند أدنى احتكاك، أو ارتفاع درجات الحرارة، ولقد استخدمها الإسرائيليون في معظم حروبهم، متجاهلين الأعراف الدولية والإنسانية.

حدث هذا وهو يفقد سيطرته على وعيه تدريجيًا، مع إصاباته المتعدّدة، والدماء الغزيرة التي فقدها..

وعلى الرغم من كل هذا، فقد انتشى جسده، مع صوت الطائرات المصرية، التي انقضت على الطابور، وصرخ:

- هيَّا.. اضربوا يا رجال.. اقصفوا هؤلاء الأوغاد.

ومن حوله، دوت الانفجارات عنيفة، ممتزجة بصراخ الإسرائيليين، ففتح باب برج الدبَّابة، ودفع جسده خارجها، ووثب وسط النيران، وتدحرج..

ودوى انفجار أكثر عنفًا، على مقربة منه، فطار معه جسده لخمسة أمتار على الأقل، وانغرست فيه عشرات الشظايا الملتهبة، و...

وانتهى كل شيء في لحظات..

حتى هو.

☆☆☆

رد الجميل

أشارت عقارب الساعة إلى الخامسة والنصف، من مساء اليوم الأوَّل للحرب، التي اندلعت منذ ثلاث ساعات ونصف الساعة فحسب، وتعالى أزيز هليوكوبتر حربية مصرية، تنطلق علي ارتفاع منخفض، فوق صحراء (سيناء)، وبداخلها رجلان، بخلاف قائدها، الذي بدا شديد التوتر والاهتمام، وهو يقول:

– الشمس توشك على الغروب، ونحن نتوغَّل أكثر وأكثر، في مناطق ما زال يسيطر عليها العدو.

أجابه أحد الرجلين في حزم:

– واصل طريقك يا رجل.. إنها أوامر الرئيس نفسه.. لا رجوع إلا بعد أن نستعيد جثة ذلك الفتى بأي ثمن.

كان يبدو أكبر سنًا من صاحبه، بذلك الشيب الذي خطط فوديه، ولكن العجيب حقًا، في تلك الساعات الأولى من الحرب ومع التوتر الشديد على الجبهة، أن كليهما لم يكن يرتدي زيًا عسكريًا، وإنما كان كل منهما يرتدي حلة أنيقة، ورباط عنق متناسقًا، كما لو أنهما رجلا أعمال، في طريقهما لعقد صفقة خاصة..

وربما كان هذا بالذات ما يستفز قائد الهليوكوبتر العسكرية، وما جعله يقول في شيء من الحنق والاستنكار:

– أتعني أننا نقوم بهذه المجازفة لاستعادة جثة؟!.. أي قول هذا؟.. لقد مررنا في طريقنا بمئات الجثث، تفترش رمال (سيناء)، فما الذي يميز هذه الجثة بالذات.

أجابه الرجل في صرامة:

– ليس هذا من شأنك.. نفذ الأوامر فحسب.

كان من الواضح أنه يمتلك سلطة ما، تجبر الطيار على طاعته، فقد ابتلع لسانه في سخط، وانطلق بالهليوكوبتر نحو البقعة، التي تم تحديدها له من قبل، والتي تقع – نظريًا – في منطقة سيطرة العدو..

وفي خفوت، غمغم الأصغر سنًا:

- سيادة المقدَّم.. هل تعتقد حقًا أن الأمر يستحق المخاطرة؟
صمت الرجل لحظة، قبل أن يجيب في صرامة:
- مادامت هذه أوامر سيادة الرئيس، فالأمر يستحق حتمًا.
وعاد إلى صمته لحظات أخرى، قبل أن يضيف:
- لقد أدى هذا الفتى لوطنه خدمة لا تقدَّر بثمن، وليس أقل من أن نستعيد جثته.
سأله الشاب:
- لماذا؟!.. لقد راجعت ملفه بنفسي.. إنه يتيم الأبوين.. ماتت أمه وهي تلده، وكان أوَّل الأبناء، أي أنه بلا أخوة أو أخوات، ثم مات والده بعد خمس سنوات، دون أن يتزوَّج بأخرى، وتولى خاله تربيته، وظل أعزب لم يتزوَّج، حتى التحق الفتى بالقوات الخاصة، ولقد مات ذلك الخال منذ أربعة أشهر، ولم يعد للفتى أي أقارب على قيد الحياة.. باختصار.. إنه وحيد تمامًا في هذا العالم، فمن يهتم باستعادة جثته؟
أجابه الرجل في حزم:
- (مصر).
انبهر الشاب بالجواب، وتراجع في مقعده بحركة حادة، وغرق مع الآخرين في صمت ثقيل، ساد المكان كله، إلا من صوت مروحة الهليوكوبتر، إلا أنه لم يلبث أن اعتدل، وهمس:
- سيادة المقدّم (رفعت).
التفت إليه المقدّم (رفعت)، فأضاف:
- إنني أعتذر.
تطلَّع إليه (رفعت) لحظة في صمت، ثم اعتدل، مجيبًا بلهجته الحازمة دومًا:
- لا عليك يا (سمير).
قالها وترك الصمت يستعيد سيطرته مرة أخرى، حتى مال الطيار بالمروحية، قائلًا:
- وصلنا إلى الهدف.

ومع قوله، لاح طابور الدبابات المحطم، وقد تناثرت تمامًا على رمال سيناء، في مشهد مهيب، بدأ أشبه بلوحة رائعة، تحمل اسم (اندحار أسطورة الجيش الذي لا يقهر).. وخفق قلب (سمير) في رهبة، عندما هبطت الهليوكوبتر وسط الحطام والدمار، ووجد نفسه يهتف في حماس:
- الله أكبر.. لقد كبدناهم خسائر فادحة بالفعل.
ابتسم (رفعت) في شيء من السخرية، وهو يغمغم:
- هل انتبهت لهذا الآن فحسب؟
أشار (سمير) بيده، هاتفًا:
- هل سنعثر عليه، وسط كل هذا؟
أجابه (رفعت) بحزمه المعهود، وهو يقفز خارج المروحية:
- سنبذل قصارى جهدنا.
هتف الطيَّار بشيء من الحدة:
- المهم أن تسرعا، فالشمس بدأت تغوص في الأفق، ولست أدري متى يأتي الإسرائيليون.. إنهم يستغلون فترة الليل دائمًا، لاستعادة جثث قتلاهم..
قال (رفعت)، وهو يبتعد:
- لا تقلق نفسك بهذا الشأن يا رجل.. لن يأتي الإسرائيليون قبل ساعتين على الأقل.
هتف الطَّيار:
- وكيف يمكنك أن تجزم بهذه الثقة؟
أجابه في صرامة:
- لأن ما أعرفه عن الإسرائيليين يفوق ما درسته أنت عنهم بعشر مرات على الأقل.
انعقد حاجبا الطيَّار، وهو يقول في حدة:
- من يظن نفسه؟
ابتسم (سمير)، وربَّت على كتفه، وهو يغادر المروحية، قائلًا:

- إنه واحد من أفضل من عرفت في عالم المخابرات يا رجل، وصدقني ما ليس من السهل أن تلتقي في حياتك كلها بواحد مثله.

هتف الطيار:

- من المخابرات؟!.. آه.. ألهذا يتصوَّر أنه فوق الجميع؟

ابتسم (سمير) مرة ثانية، وهو يبتعد عن المروحية دون تعليق، وانضمّ إلى (رفعت)، الذي أشار إلى الدبابات المحطمة، قائلًا:

- ابحث عن وحدة الدفاع الصاروخي.. لقد أرسل آخر رسائله من داخلها، قبل أن يقصفها رجالنا.. أعتقد أننا سنجد جثته داخلها، أو بالقرب منها على الأقل.

انطلقا يفحصان الحطام في اهتمام بالغ، والطيار يتطلّع إلى ساعته في توتر وقلق، حتى هتف (سمير):

- ها هي ذي.. لقد عثرت على وحدة الدفاع الصاروخي.

أسرع إليه (رفعت)، وألقى نظرة على الوحدة، التي احترقت عن آخرها، وتحطم جزء منها، بفعل أحد الصواريخ المصرية، وقال:

- يا للبشاعة!.. لو أنه ظل داخلها، فسيكون من المستحيل أن نستعيد منه ما يكفي لملء فنجان من الشاي.

قال (سمير):

- لقد قصفها رجالنا، فانفجرت كل صواريخها داخلها.. إنها محطمة تمامًا، على عكس الدبابات الأخرى.

قال (رفعت) في صرامة، لم يكن لها ما يبررها:

- هذا أمر طبيعي.

ثم قفز فوق الوحدة، وألقى نظرة داخلها بمصباحه اليدوي، قبل أن يقول:

- عندي هنا كومة من الأشلاء المحترقة.. سيحتاج الأمر إلى ملقط، لاستخرج بقايا ذلك الفتى المسكين.

ودون أن يبالي بحلته الأنيقة، وثب داخل الوحدة، وراح يفحص البقايا والأشلاء في اهتمام بالغ، والطيار يهتف من بعيد:

- الشمس غربت بالفعل.

تجاهله (رفعت) تمامًا، وهو يواصل فحص تلك الأشلاء الآدمية، التي تناثرت في كل مكان، واحترقت على نحو بشع، وامتزجت بالكثير من الدماء، ثم قال في توتر:

- إنه ليس هنا؟

قال (سمير) في دهشة:

- وكيف أمكنك الجزم؟

أجابه وهو يقفز خارج الوحدة:

- هذه الأشلاء تخص ثلاث جثث، ولقد عثرت بينهما على ثلاث سلاسل، تحمل بيانات أصحابها[٩] وكلهم من جنود العدو، وهذا يعني أنه ليس هنا.

ثم راح يدير عينيه في المكان، مع ضوء مصباحه اليدوي، والطيَّار يقول في عصبية:

- ضوء مصباحك هذا يمكن رؤيته من مسافة عشرة كيلومترات[١٠].. هل تتعمد قتلنا أم ماذا؟

ولكن (رفعت) تجاهله مرة أخرى، وهو يهتف:

- انظر يا (سمير).. هناك.

قالها، وانطلق يعدو، دون أن ينتظر رد فعل صاحبه، حتى بلغ ذلك الموضع، الذي سقط فيه الشاب، وانحنى يجذب السلسلة المعلقة برقبته، وألقى نظرة على البيانات المدونة عليها، على ضوء مصباحه، قبل أن يهتف في حماس:

- إنه هو.. إنه هو يا (سمير).

أجابه (سمير) في انفعال:

- عظيم.. لقد عثرنا عليه بأسرع مما كنا نتوقع.. هيَّا نحمله إلى الهليوكوبتر، ونغادر هذا المكان، قبل أن يصاب الطيَّار بانهيار عصبي.

أسرع (رفعت) يدفع كفيه تحت إبطي الشاب، وهو يقول:- انظر إلى الدماء التي تغطي جسده.. لقد أصيب الفتى بشدة، ولكنه واصل مهمته،

---

[٩] في الحروب يعلق الجنود في رقابهم سلسة، تحوي شريحة معدنية، دونت عليها كل بياناتهم، حتى يمكن تعرف جثثهم عند الحاجة.

[١٠] حقيقة

على الرغم من هذا.. هل رأيت شجاعة تفوق شجاعته.. يا للخسارة!.. كم كنت أتمنى أن أشدّ على يده.
حمل (سمير) ساقي الشاب، وهو يتمتم:
- أعتقد أنني أشاركك أمنيتك هذه يا سيادة المقدّم، فلو...
انتفض جسده بغتة، عندما ندت من الجسد المثخن بالجراح حركة انقباضية محدودة، وسعل مرة واحدة، وصرخ (رفعت):
- مستحيل!.. إنه حي.. يا للمعجزة!.. إنه حي.. كل هذه الإصابات لم تنجح في قتله.. إنها معجزة بحق.
ثم انطلق يعدو نحو الهليوكوبتر، حاملًا جسد الشاب، و (سمير) يعاونه في آلية، واستقبلهما الطيَّار بصيحة استنكار، وهو ينظر إلى الزي الممزق، فوق جسد الشاب:
- إسرائيلي؟!.. هل فعلنا كل هذا، لنستعيد جثة جندي إسرائيلي؟!
صاح به (رفعت) في صرامة، وهو يضع الشاب داخل الهليوكوبتر.
- ها يا رجل.. انطلق بأقصى سرعة، وعد بنا إلى (القاهرة).. ربما كنا سعداء الحظ، واستطعنا إنقاذ حياته.. هيا.
اتسعت عينا الطيَّار في ذهول، وهو يهتف:
- إنقاذ حياته؟!.. هل تعني أنه...
قاطعه (رفعت)، بكل ما يموج في صدره من انفعالات:
- نعم يا رجل.. إنه حي.. أسرع بالله عليك.. أسرع.
ولم تمض دقيقة واحدة، حتى كانت الهليوكوبتر تنطلق عائدة إلى (القاهرة)، وهي تحمل الدليل..
الدليل على قدرة الخالق (عز وجل)..

☆☆☆

«أنا أوافقك أيها المقدم.. إنها معجزة...»..

قالها كبير الجراحين، في المستشفى العسكري في (المعادي)، وهو ينتزع قفازي الجراحة المطاطيين من يديه، قبل أن يستطرد، والدهشة لم تفارقه بعد:

- لقد أخرجنا من جسده ثلاث رصاصات، وأكثر من دستتين من الشظايا، وكان قد فقد نصف دمائه تقريبًا، وعلى الرغم من هذا فقد ساعدته بنيته القوية، وإرادة الله (سبحانه وتعالى) على البقاء حيًا.. إنها أغرب حالة شاهدتها في حياتي كلها.

أوما (رفعت) برأسه موافقًا، وهو يغمغم:

- هذا صحيح.. لقد كتب له الله (سبحانه وتعالى) البقاء، وأنا واثق بأن هذا كان لحكمة لا يعلمها سواه.

سأله الطبيب، وهو يغسل يديه:

- أهناك من يهتم ببقائه على قيد الحياة؟.. أعني هل له زوجة أو أبناء مثلًا؟؟

هزَّ (رفعت) رأسه نفيًا، وهو يجيب:

- بل ليس له أي أقارب على الإطلاق..

رفع الطبيب حاجبيه في دهشة، وهو ينتقل إلى ما خلف مكتبه، ويشعل سيجارته، قائلًا:

- عجبًا... لله (سبحانه وتعالى) في خلقه شئون.. عشرات الآباء والأزواج يموتون بسبب رصاصة أو شظية واحدة، وذلك الفتى يحيا، على الرغم من كل إصاباته، دون أن يكون هناك من يهتم بأمره.. سبحان الله.

صمت (رفعت) لحظة، ثم سأله:

- متى سيستعيد لياقته في رأيك؟

حدَّق الطبيب في وجهه لحظة بدهشة، قبل أن يقول:

- لياقته؟!.. بل قل: متى يستعيد وعيه يا رجل؟.. من الواضح أنك لا تدرك حقيقة الموقف جيدًا.. صحيح أن هذا الشاب لم يمت، ولكن هذا لا يعني أنه سيعود كما كان.

انعقد حاجبا (رفعت) في شدة، وهو يقول:

- ماذا تعني؟
نفث الطبيب دخان سيجارته، قبل أن يجيب:
- لقد كانت إصاباته بالغة، وفقد الكثير من دمائه، وقضى ما يقرب من الثلاث ساعات دون علاج، كما أن قوة الانفجار أصابت مخه بارتجاج عنيف، مع قصور في الأكسجين، و...
قاطعه (رفعت)، في شيء من الضيق:
- لست أفهم الكثير من النواحي الطبية.. دعنا نقفز إلى النتائج مباشرة، دون المرور بالتفاصيل.
ابتسم الطبيب، وهو يقول:
- آه.. كدت أنسى طبيعتك المتبرمة.. فليكن يا (رفعت) بك.. النتيجة النهائية هي أن هذا الشاب سيصاب بتلف ما، في خلايا المخ.. لا يمكننا تحديد هذا بشكل قاطع الآن، فلا توجد وسيلة علمية متاحة لهذا[11] ولكنه لن يعود قط إلى ما كان عليه.
بدا الضيق على وجه (رفعت)، وهو يسأل:
- وما نوع هذا التلف بالتحديد؟.. هل سيصاب بنوع من الشلل مثلًا؟
هزّ الطبيب كتفيه، وهو ينفث دخان سيجارته مرة أخرى، مجيبًا:
- ربّما.. أو ربما يصاب بضعف في السمع، أو البصر، أو عدم توافق في حركة الأطراف، وربما يفقد ذاكرته، أو قدرته على التركيز.. لا أحد يدري.
لوَّح (رفعت) بيده، ليطرد سحب الدخان، قبل أن يقول في حدة:
- هذه السجائر ستقتلك يومًا.
حدَّق الطبيب فيه بدهشة، قبل أن يبتسم مرتبكًا، ويغمغم:
- عجبًا... المفروض أنني الطبيب هنا، وأنني المسؤول عن تحذير الناس من أضرار التدخين، ولكنك تعكس الأمور كالمعتاد.
ثم أطفأ السيجارة، وهو يسحقها بسبَّابته وإبهامه فى المنفضة، مستطردًا:

---

[11] كان هذا قبل اختراع أجهزة الرسم المقطعي للمخ، وأجهزة فحص الرنين المغنطيسي، التي يمكنها الآن تحديد مثل الإصابات بدقة ممتازة.

- المهم أن أحدًا لا يمكنه التنبؤ مسبقًا بما سيكون عليه الشاب، عندما يستعيد وعيه.

سأله (رفعت):

- ومتى يفعل؟

عاد الطبيب يهز كتفيه، مجيبًا.

- لا أحد يدري أيضًا.. إصاباته تركت أثرًا عنيفًا في جسده وعقله.. ربما يعود إلى وعيه بعد يوم، أو أسبوع.. أو حتى عشر سنوات.. هذا أمر نجهله تمامًا.

بهت (رفعت) للجواب، وهتف مستنكرًا:

- عشر سنوات؟!.. أمن الممكن أن يسقط شخص ما في غيبوبة عميقة، لعشر سنوات متصلة؟!

أشار إليه الطبيب، قائلًا:

- توجد حالات مسجلة، في الولايات المتحدة الأمريكية، ظلت إثنى عشر عامًا بهذه الصورة، وهم يبقون عليها بوسائل تنفس وتنظيم قلب صناعية، ويداومون على تليين مفاصلها وعضلاتها، في أثناء فترة الغيبوبة، عبر برنامج علاج طبيعي مدروس، بحيث يمكنها استعادة لياقتها، خلال فترة قصيرة، إذا ما استعادت وعيها، ولا تصاب بالتيبس الكامل، من جراء الرقاد لفترات طويلة.. صحيح أن الشاب يمكنه التنفس بصورة طبيعية، وقلبيه على ما يرام إلى حد كبير، ولكنه سيحتاج بالطبع إلى برنامج للعلاج الطبيعي، حتى يستعيد وعيه، بعد فترة لا يعلمها إلا الله (سبحانه وتعالى).

صمت (رفعت) لحظات في أسى، ثم هز رأسه، مغمغمًا:- يا للخسارة!.. ليس من السهل أن تجد شابًا كهذا.. لقد أدى واجبه ببسالة مدهشة، وإرادة فولاذية لا تنصهر، وعندما حانت اللحظة، التي يتراجع عندها أشجع الرجال، وقف هو كالطود، وقاتل كالأسود، واتخذ قرارًا نادرًا بالتضحية بحياته، في سبيل وطنه.. إنه طراز نادر بالفعل، يؤسفني أن تخسره (مصر).

تطلَّع إليه الطبيب لحظات، وقد انتقل بكلماته إلى منطقة تأثر وانفعال كبيرة، ثم همس، وكأنه يخشى أن يفسد صوته رهبة الموقف كله:

- ربما لم تخسره بعد.. من يدري؟

التفت إليه (رفعت) في حركة حادة، وظل يحدّق في وجهه لحظات في صمت، قبل أن ينعقد حاجباه، ويقول في حزم:

- نعم.. من يدري؟..

وفي تلك اللحظة.

في تلك اللحظة بالذات، تكونت الفكرة في رأسه..

ويالها من فكرة..

☆ ☆ ☆

«فكرة مجنونة للغاية يا (رفعت)..»

هتف زميله المقدّم (نسيم) بالعبارة، وهو يلوّح بيده في حدة، قبل أن يستطرد:

- كدت أنفجر غيظًا، وأنا أسمعك تشرحها للسيد المدير!..

كيف تقرّر تجنيد شخص فاقد الوعي، في صفوف المخابرات العام؟!..

إنها سابقة عجيبة للغاية، وغير مفهومة.

أجابه (رفعت) في هدوء:

- ولكن المدير تفهم الموقف، واستوعبه على نحو جيد.. إننا لن نخسر شيئًا، إذا ما قررنا ضمّ هذا الشاب لصفوفنا، فكل ما فعلته هو أن حصلت على موافقة مبدئية فحسب، ولا أحد يمكنه أن يلزمنا بقبوله أو رفضه، إذا ما فكرنا في التراجع.. كل ما في الأمر هو أننا سننتظر ما ستسفر عنه الأمور، فلو استعاد ذلك الشاب وعيه وكفاءته، سيكون من الخسارة، كل الخسارة، ألا ينضم مثله إلينا، أما لو لم يعد إلى ما كان عليه، فسنتولاه برعايتنا، كما لو كان أحد رجالنا، الذين يصابون في أثناء العمل.

قال (نسيم) في عصبية:

- لو أن الأمر اقتصر على هذا، لما وجدت مني استهجانًا أو معارضة، ولكنك تمضي بالأمور إلى حد يثير الحنق.. لقد أوردت اسم الشاب، ضمن قائمة شهداء الحرب، وأغلقت بهذا سجله في عالم الأحياء، ثم إنك أخفيت اسمه عن الأطباء والعاملين بالمستشفى العسكرى، وكأنك تتعمد تحويله إلى شخص غامض.. رجل خفي.. معامل فاي..

انعقد حاجبا (رفعت)، عند سماعه الكلمة الأخيرة، وسأل في دهشة:

- ما معنى (فاي) هذه؟

لوَّح (نسيم) بسبَّابته، وهو يجيب:

- (فاي).. ذلك الرمز المعروف، في الرياضة الحديثة، والذي يشير إلى القيمة الخالية.. مجرَّد قيمة خالية.. إنها لا تساوي حتى صفرًا؛ لأن الصفر قيمة محدودة في عالم الرياضيات.. ألم تسمع عن (فاي) من قبل يا رجل.. ذلك الرمز الذي يمثل شبه دائرة يقطعها خط مستقيم رأسي.. ألم تر هذا الرمز من قبل قط؟

صمت (رفعت) تمامًا، وهو يفكر في عمق، قبل أن يردّد في خفوت:

- (فاي).. القيمة الخالية.. نعم.. هذا يناسب الأمر تمامًا.

تطلّع إليه (نسيم) في دهشة، قائلًا:

- يناسب أي أمر؟

أجابه (رفعت) في حماس، وهو يلتقط ملفًا من فوق مكتبه:

- لقد حللت مشكلة عويصة يا رجل.. كنت أفكر في الاسم الكودي، الذي يناسب العميل الجديد، عندما يستعيد وعيه، وينضم إلى صفوفنا، وهأنتذا تلقيه عن لسانك، دون أن تدري.. نعم.. أي لقب يناسب شخصًا يعتبره العالم كله في عداد الأموات.. شخص يحمل هوية جديدة، ويمتلك حياة جديدة.. أهنئك يا رجل.. لقد ألهمتني الحل..

حدَّق فيه (نسيم) مرة أخرى في دهشة، وهو يلتقط قلمه، ويرسم به شكلًا بيضاويًا يقطعه خط رأسي مستقيم، على الملف الخاص بالشاب..

رمز القيمة الخالية (فاي)..وكانت هذه هي البداية. البداية الحقيقية.

☆☆☆

البعث

السابع من أبريل، عام ١٩٧٤م..

تسلَّم الدكتور (عاطف) عمله للمرة الأولى، في قسم الرعاية المركزة، في مستشفى المعادي العسكري، وهو يحمل على كتفيه رتبة ملازم أوَّل، فور عودته من الجبهة، ومنذ لحظاته الأولى، جمع الملفات الطبية لكل مرضى القسم، وراح يراجعها في اهتمام، ليكون فكرة مناسبة عن المرضى الذين يضمهم القسم، قبل أن يتعامل معهم مباشرة.

كان كل شيء، بالنسبة إليه، يسير على ما يرام، حتى وقع في يده ذلك الملف.

مجرَّد ملف عادي المظهر، مثل كل الملفات السابقة، ولكنه مكتظ على نحو عجيب، بعشرات التقارير، والفحوص، والاستشارات، كما لو أن صاحبه يلقي رعاية خاصة للغاية، بوساطة عدد من أكبر أطباء المستشفى، وأكثرهم خبرة وتخصصًا، في مختلف المجالات الطبية، وفروع التحاليل والفحوص والمعامل..

والمفروض، طبقًا للملف، أن ذلك المريض فاقد الوعي، منذ السادس من أكتوبر عام ١٩٧٣م، وعلى الرغم من هذا فقد أجريت له ثلاث عمليات جراحية كبرى.. واحدة لإخراج بعض الرصاص والشظايا من جسده، والثانية لتصفية تجمع دموي بين خلايا المخ والجمجمة، والثالثة جراحة تجميلية، لتغيير بعض ملامحه، التي مزقها انفجار ما..

وليس هذا كل ما في الأمر..

إنهم يخضعونه لكل الفحوص اللازمة والضرورية، وغير الضرورية، أسبوعيًا، ويقوم طاقم خاص بعمل علاج طبيعي منتظم له، في أثناء غيبوبته؛ للحفاظ على نشاط عضلاته وقدرتها على الحركة والاستجابة..

ثم إنه يرقد فوق فراش خاص، تم استيراده خصيصًا من أجله، ليتموَّج بصفة منتظمة، على وسادة هوائية، منعًا لإصابته بقرح فراش أو التهابات مزمنة..

وفي دهشة كاملة، هتف الدكتور (عاطف):

- هناك خطأ ما حتمًا.
وألقى الملفات كلها على مكتبه، وحمل هذا الملف بالذات، وهو يندفع نحو الممرضة الأولى للقسم، قائلًا:
- ما هذا بالضبط؟
التفتت إليه في هدوء، تسأله:
- ماذا هناك؟
لوَّح بالملف في وجهها، قائلًا في شيء من العصبية:
- هل قرأت هذا الملف مرة واحدة؟!.. ألديك تبرير منطقي لما يفعلونه لهذا المريض بالذات؟!.. إن ميزانية الإنفاق عليه، تعادل تقريبًا ميزانية القسم كله.. من هو بالضبط، حتى يحظى بكل هذا؟!.. ابن أحد المسؤولين، أم وزير حربية سابق؟!
استقبلت ثورته بهدوء عجيب، وكأنها اعتادت هذا الموقف، من كل طبيب جديد، وأجابت في بساطة:
- ليست لدي أي أجوبة.
صاح في حنق:
- ما الذي يعنيه هذا الجواب السخيف؟.. لقد قضى ذلك المريض في غيبوبته ما يزيد على خمسة أشهر.. كيف تجهلين كل شيء عنه، طوال هذه الفترة؟!
واصلت حفاظها على أعصابها، وهي تجيب:
- لست وحدي من يجهل كل شيء عنه.. لو أنك انتبهت إلى الملف جيدًا، للاحظت أنه لا يحمل أي اسم.. فقط رقم (١٤٤).. وهذا الرقم لا يعني أي شيء على الإطلاق، بالنسبة لنظم المستشفى، ثم إنه غير مسموح على الإطلاق بوجود أي زائرين، سوى شخص واحد، ممشوق القامة، صارم الأسلوب والملامح، أشيب الفودين، يزوره بصفة منتظمة إلى حد ما، بصحبة مدير المستشفي نفسه لدقائق معدودة، ثم ينصرف دون أن يتحدَّث إلى أحد، حتى أننا لا نعرف صوته.

ذابت ثورته في أعماق دهشته، وهو يعيد التطلع إلى الملف، وانتبه لأوَّل مرة إلى الرقم الصغير على غلافه، ورقم الهاتف المدون تحته، فسألها في حيرة:

- وماذا عن رقم الهاتف؟

أجابته بسرعة وهدوء:

- إننا لم تستخدمه قط، منذ أتوا به إلى هنا.. ولكن الأوامر تحتّم الاتصال بالرقم فورًا، إذا استعاد ذلك المريض وعيه، أو جزءًا منه، في أية لحظة من الليل أو النهار.

بهره الغموض المحيط بالموقف كله، ففغر فاه لحظات، وهو يحدّق في الملف، قبل أن يهز رأسه، مغمغمًا:

- عجبًا!!

ثم رفع عينية إلى الممرضة، وسألها في صوت خافت، وقد تلاشت ثورته تمامًا:

- وأين هذا المريض الغامض؟

أشارت بيدها إلى حجرة مغلقة، في نهاية الممر، مجيبة:

- هناك.

اتجه في آلية إلى تلك الحجرة، وفتحها في شيء من الحذر، وكأنه يتوقع أن يقفز شبح في وجهه فجأة، ولم يكد يلقي نظرة على الشاب، الراقد فوق الفراش المتموج، وقد أحاطت به أحد أجهزة الفحص والمراقبة، في تلك الفترة، حتى ارتفع حاجباه في دهشة، وهتف:

- إنه شاب صغير.

أجابته الممرضة في خفوت، وهي تتطلّع إلى الشاب في شيء من العطف والحنان والحسرة:

- نعم.. ووسيم أيضًا.. إنني أقوم برعايته في فترة عملي، وأحلق لحيته باستمرار، وأعاون طاقم العلاج الطبيعي، و...

لاحظت فجأة أن الطبيب ينظر إليها في دهشة، فارتبكت وتنحنحت، مكملة:

- إنني أقوم بعملي..
ظلَّ الطبيب يتطلَّع إليها لحظة في صمت، قبل أن يبتسم، قائلًا في خبث:
- حقًا؟!
تضرج وجهها بحمرة الخجل، وارتبكت أكثر، ولكنه أشاح بوجهه عنها، مكملًا بسرعة:
- إنه يستحق الشفقة بالفعل.
ودلف إلى الحجرة في صمت، وراح يدير عينيه في كل ما تحويه، قبل أن يهز رأسه، مغمغمًا:
- يبدو أنني لم أحسن تقدير الموقف.. إنهم لا ينفقون عليه ما يساوي ميزانية القسم كله فحسب.. إنهم ينفقون عليه ثلاثة أضعاف هذا المبلغ على الأقل.
اقتربت منه الممرضة، وهي تقول في خفوت:
- لا ريب أنهم يرون أنه يستحق هذا.. ثم إن كل هذه الأجهزة ستصبح ملكًا للقسم، عندما يستعيد وعيه.
أومأ برأسه بلا معنى، قبل أن يتمتم:
- هذا لو استعاد وعيه..
انفرجت شفتا الممرضة، لتنطق بشيء ما، عندما التقطت أذناها فجأة تأوهات خافتة للغاية، فتجمَّد جسدها كله، ثم استدارت في حدة إلى الشاب، وأطلقت شهقة عنيفة، وهي تهتف:
- رباه!.. انظر يا دكتور.
التفت الدكتور (عاطف) بسرعة، إلى حيث تنظر، ثم ارتد في عنف، كمن أصابته صاعقة..
كل هذا لأن الشاب فتح عينيه، وتطلّع إليهما بنظرة خاوية، وتحرَّكت شفتاه في بطء، وكأنه يحاول نطق شيء ما، ولم يخرج منهما سوى همهمة خافتة غير مفهومة، إلا أنها كانت كافية لجذب نظرات الطبيب والممرضة في سرعة، وتقفز إلى رأسهما فكرة..فكرة واحدة مشتركة..

☆☆☆

لم يكن ذلك الصباح عاديًا أبدًا، بالنسبة للمقدم (رفعت).

لقد تلقى عشرات التقارير والمعلومات، من عدد من العملاء السريين، وراح يطالعها كلها بكل الاهتمام، قبل أن يدمجها في تقرير واحد، تتم دراسته في أثناء الاجتماع اليومي..

ولقد انهمك في هذا العمل حتى النخاع، ولم يفارق مكتبه لحظة واحدة، منذ الخامسة والنصف صباحًا، و...

وفجأة، ارتفع رنين هاتفه الخاص..

والعجيب أنه، وهو المدرَّب على مواجهة الخطر، والمعتاد على خوض أصعب المواقف والمعارك، وتجاوز أعقد الظروف، انتفض في عنف، مع الرنين المباغت، وقفز تقريبًا من مقعده، قبل أن يختطف السمَّاعة، ويقول في حدة:

- من المتحدث؟

أتاه صوت الدكتور (عاطف)، وهو يقول في توتر مرتبك:

- لقد استعاد وعيه.

من الممكن أن يعتبر البعض أن هذه العبارة مبهمة إلى حد كبير، ولكن (رفعت) فهمها على الفور، ووثب واقفًا، وهو يجيب في حزم:

- سأحضر على الفور.

لم يدر بعدها كيف ارتدى سترته، ولا كيف قاد سيارته بهذه السرعة، من (حدائق القبة) إلى (المعادي)، ولكنه وجد نفسه أخيرًا داخل حجرة الشاب، الذي لم يختلف كثيرًا عما كان عليه في غيبوبته، باستثناء ما كانت عليه عيناه، اللتان راحتا تنتقلان من وجه (رفعت) إلى وجه أخصائي المخ والأعصاب، الذي يقول في ارتياح واضح:

- عظيم.. لم أكن أتوقع أن يستعيد وعيه أبدًا.. لقد فعلها أخيرًا.. حمدًا لله.

أطلّ شيء من خيبة الأمل، من صوت (رفعت)، وهو يقول:

- أهذا ما تطلقون عليه استعادة الوعي؟!... إنه أشبه بجثة أوصلوها بتيار كهربي، لتحرك عينيها فقط.

ابتسم الطبيب، وهو يقول:

- إنها البداية فحسب.. لا تنس أنه رقد فاقدًا للوعي لفترة طويلة، وليس من السهل أن يستعيد المخ قدراته، وسيطرته على الجسد، بعد فترة كمون طويلة كهذه.

سأله (رفعت) في اهتمام:

- أتعني أنه سيفعل، مع مرور الوقت؟

أجابه الطبيب في حماس:

- بالطبع.. سيتحسَّن هذا الشاب تدريجيًا، ويستعيد قدراته البشرية خطوة فخطوة، مع مداومة العلاج، والمواظبة على جلسات العلاج الطبيعي.. صدقني.. لن تمضي ستة أشهر، حتى يستعيد قدرته على المشي والكلام.

هتف (رفعت):

- المشي والكلام؟!.. أهذا أقصى ما يمكن أن يصل إليه؟!

صمت الطبيب لحظة، ثم مط شفتيه، قائلًا:

- نحن لم نعرف بعد أي أثر تركته الإصابة في مخه، ولكن كل ما تستطيع معاونته فيه، هو أن نعيد إليه قدرته على المشي والكلام، أما ماعدا هذا، فهو يتوقف على عاملين.

سأله (رفعت) في اهتمام بالغ:

- وما هما؟

أشار الطبيب بسبَّابته ووسطاه، قائلًا:

- الزمن، وإرادة الشفاء في أعماقه.

أومأ (رفعت) برأسه متفهمًا، ثم أطلّت من شفتيه لمحة ابتسام، وهو يجيب في حسم:

- يمكننا إذن أن ننتظر.

وفي أعماقه، عاد الأمل ينتعش.. وبشدة..

☆ ☆ ☆

«كيف حاله الآن؟!..»

ألقى المقدّم (نسيم) السؤال على زميله (رفعت)، داخل حجرة مكتب هذا الأخير، الذي ابتسم ابتسامة باهتة، وهو يجيب:
- أفضل من ذي قبل.. إنه يتناول طعامه بنفسه، ويمكنه السير عبر الممر جيئة وذهابًا، دون أن يستند إلى أحد.
مطَّ (نسيم) شفتيه، وعقد حاجبيه، وهو يقول:
- أيبدو لك هذا كافيًا، بالنسبة لشخص يتم تجنيده؟!
صمت (رفعت) لحظات، ثم أجاب في جدية:
- الشاب سيتحسن يا (نسيم).. لقد أكد لي الأطباء هذا.. بل إنه تجاوز بالفعل كل توقعاتهم؛ فالفحوص كلها تشير إلى أن إصابة مخه لم تفقده أيًا من توافقاته العصبية، أو حواسه المباشرة، وربما حدثت معجزة جديدة، وتجاوز الأزمة كلها دون خسائر.
غمغم (نسيم) في سخط:
- هذا ما سيتضح مع الزمن.
أشار (رفعت) بسبَّابته، قائلًا:
- بالضبط.. حل المشكلة كلها يكمن في الزمن.. امنحه ما يكفي من الوقت، وأنا واثق من أننا لن نندم أبدًا.. صدقني يا (نسيم).. أهم وأخطر ما في الأمر، هو أن تجد شخصًا يصلح للعمل معنا، ويضيف إلينا الجديد، وقد تقضي عمرك كله، وأنت تبحث عن مثل هذا الشخص فلا تجده.. ماذا يضيرنا إذن لو انفقنا جزءًا من العمر، لنفوز بشخص، نعلم جيدًا أنه يمتلك كل الصفات المنشودة، ولا يعوزه إلا الوقت.. فقط الوقت؟!
صمت (نسيم) لحظات، وكأنه يستوعب الموقف كله، ثم قال:
- أنت على حق.. لقد كنت متسرعًا ومخطئًا.
ابتسم (رفعت)، قائلًا:
- أتدري؟.. هذا أعظم ما فيك يا صديقي.. تمتلك قلب الأسد، وعناء الدنيا كلها، ولكنك تحمل وسط هذا شجاعة كافية للتراجع، إذا ما تبين لك خطأ رأيك.. إنها صفة نادرة الوجود بحق.
مطَّ (نسيم) شفتيه، ولوَّح بكفه، قائلًا:

- لا تضخم الأمور.
ثم تنهَّد، مستطردًا:
- وعلى أية حال، يبدو أنني لن أعرف نتيجة هذا العمل.
سأله (رفعت) في قلق:
- ما الذي تعنيه؟!
هزَّ كتفيه، وابتسم ابتسامة باهتة، وهو يقول:
- لقد أصبحت رئيس مكتبنا في (نيويورك).
هتف (رفعت):
- ألف مبروك يا رجل.. هذا يعني أنك ستواجه الأمريكيين هذه المرة.
ثم أمسك كتفيه في قوة، وتطلّع إلى عينيه مباشرة، مستطردًا:
- دعهم يعترفون بكفاءتنا يا رجل.
ابتسم (نسيم)، قائلًا:
- سأبذل قصارى جهدي، وعليك أن تفعل المثل هنا.. وأنا واثق من أنك ستنجح مع ذلك الشاب.. المهم أن تبلغني، ما الذي تأثر فيه، بعد إصابة مخه؟
تنهَّد (رفعت)، وهو يقول:
- المهم أن أعرف أولًا يا رجل.. وأن يجيب الزمن على هذا السؤال.
المهم أن يجيب الزمن السؤال..
ما الذي فقده الشاب؟!..
ما هو؟!..

☆☆☆

وقف (رفعت) صامتًا، في ركن حديقة المستشفي، المطلّ على النيل، يراقب الشاب، الذي يجول وحده في الحديقة، وانعقد حاجباه في شدة، عندما داعب الشاب طفلة صغيرة، ثم حملها في هدوء، وطبع على وجنتها قبلة حانية، قبل أن يعيدها إلى أمها، وهو يمنحها ابتسامة عذبة هادئة..
«لقد تحسن كثيرًا.. »

انبعثت العبارة من خلفه، فاستدار (رفعت) إلى صاحبتها، الممرضة الأولى لقسم العناية المركزة، وحاول أن يبتسم، وهو يجيب:

- هذا يبدو واضحًا.

ابتسمت ابتسامة كبيرة، عوضت ابتسامته الباهتة، وهي تقول:

- إنه صاحب إرادة فولاذية بحق.. لقد حقق في ثلاثة أشهر، ما يعجز عن تحقيقه مريض مشابه في عام كامل.. هل رأيت كيف يسير ويتحرك.. لقد استعاد توافقه العصبي كله تقريبًا.

سألها (رفعت) في اهتمام:

- لماذا لم يتحدَّث حتى الآن إذن؟.. هل أصيب مركز الكلام في مخه مثلًا؟

ضحكت قائلة:

- هذا غير وارد، فمركز الكلام في الجانب الأيسر من المخ[١٢]، وإصابته تركزت كلها في الجانب الأيمن الخلفي..

تطلَّع طويلًا إلى الشاب، قبل أن يكرّر:

- لماذا لا يتكلم إذن؟

قالت لي إهتمام:

- يبدو لي أن هذا جزء من شخصيته، أو...

صمتت بغتة، مما استثار انتباهه، فالتفت إليها يسألها:

- أو ماذا؟

أجابته بعد فترة من التردّد:

- أو أنه يشعر بالحيرة..

أطلَّ التساؤل من عينيه، فأكملت بسرعة:

- عندما يكون وحده، أو يتصوَّر أنه كذلك، يتمتع ببعض الكلمات غير المفهومة، أو غير المترابطة، ويتأمل كل ما حوله بنظرة حائرة.. ألم تنتبه إلى النظرة التي يحدجك بها، كلما أتيت لزيارته؟!.. إنه ينتظر

---

[١٢] حقيقة علمية

زياراتك باهتمام بالغ، وتمتلئ عيناه بالتساؤلات، وهو يتطلَّع إليك.. أكاد أقسم إنه يخفي شيئًا ما في أعماقه، أو...

كانت تستدير نحو الحديقة، وهي تواصل حديثها، عندما بترتها بغتة، وشهقت على نحو جعل (رفعت) يستدير بدوره، و...

وكانت مفاجأة..

لقد وجد نفسه يتطلَّع مباشرة إلى عيني الشاب، الذي يقف على مسافة متر واحد منه، وينظر إليه باهتمام شديد..

ثم انفرجت شفتا الشاب..

انفرجتا في بطء، وهو يسأل بكلمات متعثرة:

- من.. من أنا؟!

وكان للسؤال وقع كالصاعقة، ولكنه حمل في طياته جوابًا واضحًا..

الآن فقط، عرف (رفعت) ما الذي فقده الشاب..

عرفه في وضوح

☆☆☆

"ذاكرته..."..

نطق (رفعت) الكلمة في حزم، أمام مدير المخابرات، الذي ارتفع حاجباه في شدة، ثم عادا ينخفضان، وهو يقول:

- إذن فقد فقد ذاكرته تمامًا؟!.. يالها من مصادفة!.. ألا يذكر أي شيء عن ماضيه؟

هزَّ (رفعت) رأسه نفيًا، وهو يقول:

- مطلقًا.. عقله صار صفحة بيضاء، لم يمسها الحبر، إلا منذ استعادة الوعي.. من هنا فقط تبدأ ذاكرته، أما كل ما سبق هذا، فقد تلاشى تمامًا، وكأنما لم يكن له وجود من قبل.

صمت المدير لحظات، وهو يتطلّع إليه، ثم تراجع في مقعده، قائلًا:

- مازالت الفرصة أمامك يا (رفعت).. لو أردت أن تتراجع، فلن يلومك أحد قط.

أجابه (رفعت) في سرعة:
- مستحيل!.. فقدان الشاب لذاكرته أمر مؤسف بالتأكيد، لو نظرنا إليه من الناحية الإنسانية أو الاجتماعية، أما من الناحية العملية، فهو يتفق تمامًا مع خطتي الأولية، بل ويساعدها كثيرًا.. لقد فقد الشاب ذكرياته وماضيه، ولكنه لن يفقد قوته وإرادته وعزمه، وذلك الانتماء الذي يتدفق في عروقه، ويجري فيها مجرى الدم.. ولقد انتهى ماضية بالفعل، منذ أوردنا اسمه في قائمة شهداء حرب أكتوبر، ويمكننا أن نقول إنه ولد فقط عندما استعاد وعيه.. ولد باسم جديد، وهوية جديدة.
سأله المدير مبتسمًا:
- وأي اسم ستمنحه إياه؟
انعقد حاجبا (رفعت) في شدة، وهو يقول:
- من الناحية الرسمية، وطبقًا لما سيدوَّن في السجلات، سنمنحه ليس اسمًا واحدًا، وإنما عدة أسماء، تتيح له حرية الحركة وسرعة التخفي، أما هنا، فلن يحمل سوى اسم واحد.
سأله المدير، وهو يعتدل في لهتمام:
- أي اسم؟
صمت (رفعت) لنصف دقيقة كاملة هذه المرة، قبل أن يجيب في حزم:
نفس الاسم المرسوم على ملفه..
وامتزج حزمة بنبرة صارمة، وهو يستطرد:
- اسم (فاي).
وأعلن القدر مولد رجل جديد.
رجل من طراز خاص..
خاص جدًا.

☆☆☆

الفتى فاي

الخامس والعشرون من يناير ١٩٧٥م..

أضيء مصباح أحمر، في سقف طائرة نقل الجنود، وهي تحلّق على ارتفاع شاهق، فارتفع صوت صارم يقول:

- استعد للقفز.

نهض الراكب الوحيد في الطائرة، وهو يحكم حقيبة مظلته خلف ظهره، ووقف أمام الباب المفتوح، وهو يلتقط أنفاسه في بطء، ليملأ صدره كله بالهواء، في ذلك الارتفاع، الذي يختلف فيه الضغط الجوي تمامًا، عن مثيله على سطح الأرض[١٣]، وتعلَّق بصره بالمصباح الأخضر، الذي أضيء بدوره، وصاحب الصوت يهتف:

- اقفز..

قبل حتى أن تكتمل الكلمة، كان الشاب قد قفز بالفعل، وراح جسده يهوي في السماء، مخترقًا السحب الكثيفة، ومتجاوزًا إياها، ليتجه نحو الأرض، التي بدت له بعيدة صغيرة، من ذلك الارتفاع الكبير..

وداخله، راحت متوالية عددية تتردد بسرعة:

-ألف وواحد.. ألف واثنان.. ألف وثلاثة.. ألف و...

فجأة، تفجرَّ شيء ما في عقله.

إنها ليست أوَّل مرة، يمرّ فيها بمثل هذا الموقف..

لقد فعلها من قبل..

وعلى النحو نفسه..

ولكن متى؟!..

متى وأين؟!..

كاد التساؤل يستغرقه تمامًا، ولكنه نفضه بسرعة عن رأسه، وأكمل:

- ألف وعشرون.. ألف وواحد وعشرون..

---

[١٣] الضغط الجوي: هو الضغط الذي يحدثه وزن كل طبقات الهواء على الأرض، ويبلغ عن سطح البحر حوالي ١٤,٧ لكل بوصة مربعة، وهو الضغط الكافي لرفع عمود من الزئبق، مساحة قاعدته ١سم٢، لمسافة ٧٦٠ مليمتر إلى أعلى.

بذل جهدًا ليطرد تلك الذكريات المشوشة، التي تهاجم عقله في إصرار، وواصل العدّ، حتى بلغ الحد المطلوب، فجذب خيط المظلة، التي انفتحت على الفور، وصنعت شكلًا أشبه بقبة ضخمة، في قلب السماء..
وفي مهارة، راحت يداه تجذبان حزامي المظلة، في تناسق مدروس، لتتجه بحملها إلى نقطة الهبوط، التي تم تحديدها مسبقًا..
مبنى من عشرين طابقًا، في أحد الأحياء الراقية في حي (الجيزة)، هبط هو فوقه في براعه، ولم يكد يلمس سطحه، حتى جذب المظلة بكل قوته، وترك جسده ينثني في مرونة، وهو يجمع قماشها العريض، ويدفعه داخل حقيبتها، ثم يعتدل، ويتلفت حوله في حذر، ليتأكد من أنه وحده على السطح..
وعند حاجز السطح، انحنى يعدّ الأدوار أسفله، ليحدّد نوافذ الطابق السابع عشر، ثم ثبت خطافًا قويًا في إحدى المواسير القوية، وألقى حبلًا قصيرًا، وتعلق به، وأخذ يهبط في سرعة، مستندًا بساقية إلى حائط المبني، حتى بلغ أحد نوافذ الطابق السابع عشر، فأطل بنظره عبرها في حذر، وتأكد من أن أحدًا لا يلمحه، وأخرج من جيبه قاطع زجاج ماسيًا، واقتطع به قطعة من زجاج النافذة، امتدَّت يده عبرها تزيح الرتاج، ثم وثب داخل المكان..
وفجأة، برز أحد الحرَّاس عند الباب، وهتف:
- ما هذا؟
كانت يده تسرع نحو مسدسه، ولكن الشاب وثب في براعة وخفة، وركل الحارس في وجهه، ثم هبط على قدميه ليلكمه في أنفه وفمه، فتراجع الحارس في عنف، وتفجرت الدماء من أنفه، ومن ركن شفتيه، ولكنه عاد ينقض مرة أخرى، فقفز الشاب ثانية، ودار جسده كله حول نفسه في سرعة مدهشة، قبل أن تضرب قدمه صدر الحارس، وتلقيه مرة أخرى إلى الخلف، ليرتطم في الجدار، ويسقط على وجهه..
ومع سقوطه، برز حارسان آخران، استل كل منهما مسدسه بالفعل، ولكن الشاب جذب مسدسه بسرعة تفوقت عليهما، وأطلق النار:

- ولكن صوت إطلاق النار كان عجيبًا..

و كان يختلف تمامًا عن دوي الرصاصات المعروف، وحتى عن صوت رصاصة تخرج من كاتم للصوت..

كان أشبه بسعال مكتوم..

حتى الدماء التي تفجَّرت في رأس أحد الحارسين، وصدر الثاني، لم تكن حمراء قانية ككل الدماء.

بل كانت وردية باهتة، ذات ملمس أكثر لزوجة..

ولكن الأكثر غرابة، هو أن أحد الحارسين لم يسقط أرضًا..

فقط ارتسم الحنق على وجهيهما، عندما أصابتهما تلك الرصاصات العجيبة، في حين أضيء المكان كله، وارتفع فيه صوت المقدم (رفعت)، وهو يقول:

- لا بأس.. يمكننا اعتبار هذه التجربة ناجحة.. وبلا خسائر.

نهض الحارس الأوَّل، وهو يمسح الدماء الحقيقية عن أنفه وفمه، قائلًا في سخط:

- ماذا تسمى هذا إذن؟

أجابه (رفعت) في صرامة:

- ضرورات المهنة.

تبادل الحراس الثلاثة نظرة سريعة، ثم زفر أحدهم، وهو يتقدّم ليصافح الشاب، قائلًا:

- أهنئك.. أنت تجيد إطلاق النار بحق، وسرعة التقاطك لمسدسك تثير الإعجاب.

تمتم الشاب:

- أشكرك.

غادر الحراس الثلاثة المكان، وبقي (رفعت) وحده مع الشاب، الذي سأله:

- ما الذي ينبغي أن أفعله، لأسمع عبارة: «رائع.. عملية ناجحة تمامًا..»؟

صمت (رفعت) لحظات، ثم أجاب في حزم:
- أن تخوض عملية حقيقية.
سأله الشاب:
- وما الفارق؟!.. إننا نتعامل مع كل تدريب، وكأنه عملية حقيقية.
تطلّع إليه (رفعت) لحظات أخرى في صمت، ثم أشار إلى رأس الشاب، قائلًا:
- الفارق يكمن هنا.
ثم خفض سبَّابته، ليشير إلى صدره، مستطردًا:
- وهنا.
نظر إليه الشاب في تساؤل، فأوضح بنفس اللهجة الحازمة:
- صحيح أننا نتعامل مع كل تدريب وكأنه عملية حقيقية، ولكنك تعلم في أعماقك أنه مجرَّد تدريب، وقلبك لا يشعر بالخوف من المواجهة الحقيقية، وهذا لا يبرز قدراتك الحقيقية.
صمت الشاب لحظات في حيرة، قبل أن يقول:
- ولكنني أشعر دائمًا أنها ليست المرة الأولى.. أشعر أنني فعلت هذا من قبل.. حتما فعلته.
قاوم (رفعت) ابتسامته، ووأدها في مهدها، وهو يقول في اقتضاب:
- ربّما.
تطلّع إليه الشاب طويلًا، وكأنما يحاول الغوص في أعماقه، واستخراج ما يخفيه فيها من معلومات وأسرار، قبل أن يسأل في بطء:
- أنت تعرف من أنا.. أليس كذلك؟
أجابه (رفعت) في هدوء:
- ما الذي تبحث عنه بالضبط يا (فاي)؟
قال الشاب في صرامة:
- واسمي ليس (فاي) بالتأكيد.
سأله (رفعت):
- ولم لا؟!

أجابه متوترًا:
- إيقاع الاسم نفسه لا يروق لي.. إنني مصري.. هذا ما أثق به تمامًا، حتى ولو فقدت ذاكرتي كلها.. لهجتي نفسها تؤكد هذا، هذا الاسم (فاى) لا يبدو مصريًا أبدًا.
قال (رفعت)، في شيء من الحذر:
- ربما كان فرعونيًا.
هزَّ الشاب رأسه نفيًا في قوة، وهو يشير إلى الرسم على صدره، قائلًا:
-بل هو رمز رياضي.. ها هو ذا.. إنني أحمله على صدري.. شكل بيضاوي يقطعه خط مستقيم رأسي.. لقد بحثت في القواميس الموجودة بالمكتبة، حتى عرفته.. إنه ليس اسمى.. إنه الرمز الذي يشير إلى القيمة الخالية، ولكن ما هو اسمي الحقيقي؟!
مضت لحظة من الصمت، قبل أن يقول (رفعت):
- وبم تفيدك معرفته؟
أجابه الشاب:
- أن أشعر بهويتي.
أشار إليه (رفعت)، قائلًا:
- هويتك مصرية.. أنت قلت هذا بنفسك.
صاح الشاب:
- هذا صحيح، ولكن من أنا؟!.. من صاحب هذا الجسد؟.. ما اسم صاحب الوجه الذي أحمله؟!.. من حقي أن أعرف.. من حقي أن أفهم.
لأذ (رفعت) بالصمت تمامًا، حتى أفرغ الشاب ثورته، ثم أجابه في حسم:
- نعم.. من حقك أن تعرف، وأن تفهم.
انتبهت كل حواس الشاب، وتعلّق بصره بشفتي (رفعت) في لهفة، قبل أن يستدرك هذا الأخير في سرعة:
- ولكن السؤال هو: فيم يفيدك هذا؟
قال الشاب في دهشة:
- في أن أعرف من كنت على الأقل.

قال (رفعت) في صرامة:

- وماذا لو أنك كنت لصًا أو قاتلًا محترفًا؟!

ارتد الشاب كالمصعوق، ولكن (رفعت) واصل في عنف:

- ماذا لو أنني أنقذتك من حكم الإعدام مثلًا، أو أنك كنت أحد جواسيس العدو، وأمكننا تجنيدك، أو...

قاطعه الشاب في عنف:

- مستحيل!..

ثم أشار إلى صدره، مستطردًا في صرامة:

- صحيح أنني فقدت ذاكرتي، ولكنني لم أفقد قط ذلك الانتماء في أعماقي.. لم أفقد تلك الارتجافة، التي تسري في عروقي، كلما سمعت اسم (مصر).. مازال كياني كله على أتم الاستعداد لتلبية ندائها، في أية لحظة، ومهما كان الثمن، و...

ارتج شيء ما في أعماقه، مع الجزء الأخير من العبارة..

مهما كان الثمن..

متى سمعها من قبل؟!..

من ردَّدها على مسامعه؟!..

أي أثر تركته في أعماقه؟!..

كان من الممكن أن يغرق في تساؤلاته طويلا، إلا أنه أزاحها جانبًا في سرعة، وهو يكمل، بعد وهلة من الصمت:

- والشخص الذي يحمل هذه المشاعر تجاه وطنه، لا يمكن أبدًا أن يصبح لصًا أو قاتلًا، ومن المستحيل أن يخون وطنه، مهما كانت المغريات.

ترك (رفعت) ابتسامته تطفو على شفتيه، وهو يقول:

- هذا ما أردت أن أسمعه منك.

ثم تقدَّم نحوه، ووضع يده على كتفه، مستطردًا:

- لقد كنت على حق، في كل ما قلته.. مثلك يستحيل أن يخطئ في حق نفسه، أو في حق وطنه.. أنت لم تكن أبدًا لصًا أو قاتلًا أو جاسوسًا.. بل

على العكس تمامًا.. لقد كنت بطلًا.. كنت واحدًا من أعظم الأبطال، الذين بذلوا أنفسهم في سبيل الوطن.. كنت بطلًا تفخر به بلاده.

انتشى الشاب بالكلمات، وتضاعفت اللهفة في نفسه، و(رفعت) يتابع:

- إنك لم تتردد لحظة واحدة في التضحية بحياتك نفسها، من أجل (مصر)..

انتفضت عروق الشاب، عندما سمع الكلمة السحرية، التي ينهار لها وجدانه، وراح قلبه ينبض في عنف، مع كلمات (رفعت)، ونبرته الحماسية:

- ولم تتخل عنك (مصر)، بعد كل ما فعلته من أجلها.. لقد استعادتك من بين جثث الموتى، وبذلت جهدها وأموالها، لتمنحك الرعاية والحماية، وتتجاوز بك حافة الخطر.. الله (سبحانه وتعالى) كتب لك البقاء، وأطال في عمرك لحكمة لا يعلمها إلا هو (سبحانه).. لقد حصلت على فرصة نادرة يا فتى.. انمحت كل ذاكرتك السابقة، وبدأت حياة جديدة، وكأنك تبعث بعد الموت.. وسبحان الله الذي يحيي ويميت.. الله (عز وجل) شاء لك أن تبدأ من جديد، فلماذا تنبش ماضيك؟!... دعه خلف ظهرك.. لا تبحث عنه.. خض حياتك الجديدة بروح واعدة.. خضها باسمك الجديد، وهويتك الجديدة.. خضها بلا تساؤلات أو منغصات، من أجل نفسك.

ثم اقترب منه في شدة، مضيفًا بلهجة تموج بالحماس والانفعال:

- ومن أجل (مصر).

انتفض الشاب كله هذه المرة، وهو يقول، في حماس منقطع النظير:

- كلي فداها.

ثم شدَّ قامته، مستطردًا:

- صحيح أنني مازلت أجهل الحكمة من هذا، ولكنني أعدك بأنني، ومنذ هذه اللحظة، سألقي حياتي السابقة كلها خلف ظهري، ولن أحاول قط معرفة ما كنت عليه، وسأحمل حتى آخر لحظة في عمري اسمًا واحدًا.

وأشار إلى صدره، مضيفًا في حزم وحسم:

- اسم (فاى).

وانتفض جسده في حماس أكثر..

☆☆☆

"احترس يا (رفعت).."..

نطق مدير المخابرات هذه العبارة الموجزة في حزام، وهو يلوّح بسبّابته في وجه (رفعت)، مستطردًا:

- تذكر القاعدة الرئيسية في عملنا.. «لا تقع في حب العميل..».. تعامل معه دائمًا بدون مشاعر أو عواطف، وإلا فقد تنحاز له، حتى عندما يقع في أخطاء جسيمة، فتهدّد بهذا أمنه، وأمن الوطن كله.

صمت (رفعت) لحظات، ثم قال في حزم:

- اطمئن يا سيّدي.. ليس أنا من يفعل هذا.

تراجع المدير في مقعده، وشبك أصابع كفيه أمام وجهه، وهو يقول:

- هذا يحدث دائمًا دون أن تشعر يا (رفعت).. إنك تؤمن تمامًا بالمبدأ، ولكن العميل يجتذب إعجابك يومًا فيومًا، فلا تنتبه إلا وأنت مغرم به، بحيث تبدو لك كل أفعاله صحيحة، مهما انطوت على خطأ.

عاد (رفعت) إلى صمته لحظات أخرى، ثم قال:

- الواقع أن هذا الشاب بالذات أثار إعجابي واهتمامي، منذ اللحظة الأولى يا سيّدى، من قبل حتى أن يستعيد وعيه، وهذا كان السبب الرئيسي، في إصراري على تجنيده بين صفوفنا، ولكن هذا الإعجاب يتخذ معي اتجاهًا آخر، بخلاف ما يثير قلقكم.. إنني أريد أن أصنع من هذا الشاب تحفة نادرة، في عالم المخابرات، ولهذا فأنا لا أتغاضى عن أية أخطاء يرتكبها، مهما كانت بسيطة..

وشرد ببصره، وهو يضيف:

- بل وربما أقسو عليه في بعض الأحيان، على الرغم من إعجابي به، ولكنني أتعامل معه كما يتعامل الأب مع ابنه، الذي يتمنى رؤيته في أرفع مكانة في الدنيا كلها.. صدقني يا سيّدي.. هذه العملية تهمني.. تهمني أكثر مما تتصوَّرون.

كان تهدج صوته الواضح، وهو يشرح الأمر، يشير إلى عكس ما يحاول إقناع المدير به تمامًا..

ولقد أدرك المدير هذا بالفعل.

ولكن من حسن الحظ أن القواعد في عالم المخابرات ليست صارمة إلى حد الجمود..

إنها تسبح فوق بحر من المرونة والحكمة، مما يؤثر على صانع القرار فيها، ويجعله أكثر قدرة على التعامل مع الأحداث والمتغيرات..

ومن هذا المنطلق، أومأ المدير برأسه، ثم قال:

- فليكن يا (رفعت).. سأسمح لك بإكمال المهمة حتى النهاية.

تألقت عينا (رفعت)، على الرغم من الجهد الخارق، الذي بذله للسيطرة على انفعاله، ولكن المدير تنهد، وهو يضيف:

- على الرغم من أن الظروف ستتعارض مع هذا.

سأله (رفعت)، وقد مال انفعاله كله إلى جانب القلق:

- أية ظروف؟

أجابه المدير بابتسامة هادئة:

- لقد انتهت فترة عمل (نسيم) في مكتب (نيويورك)، وسيعود إلى القاهرة، ليتسلَّم عمله في الجهاز.. خمن من سيحل محله هناك.

ارتفع حاجبا (رفعت)، وهو يقول:

- هل تقصد سيادتك أنني...؟

قبل أن يتم تساؤله، أومأ المدير برأسه إيجابًا، وقال:

- نعم يا (رفعت).. أنت المدير الجديد لمكتبنا في (نيويورك).. هيَّا أعد حقائبك، واستعد للسفر خلال ثلاثة أيام، فـ(نسيم) ينتظرك على أحرّ من الجمر، لتتسلَّم العمل، ويعود هو إلى الوطن.

صمت (رفعت) لحظات في شرود، فابتسم المدير، قائلًا:

- وستحتاج إلى مساعد بالطبع، ولقد رشحت لك النقيب (حسن عبد الله).

انعقد حاجبا (رفعت)، وهو يقول:

- (حسن عبد الله)؟!.. من هو؟.. لم أسمع به من قبل!

قال المدير، وهو يمدّ يده إليه بصورة ضوئية:

- ربما لا تعرف اسمه، ولكنك بالتأكيد تعرف هيئته.. ها هي ذي صورته.

ولم يكد (رفعت) يلقي نظرة على صاحب الصورة، حتى ارتفع حاجباه في دهشة، في حين أكمل المدير في جدية حاسمة:

- إنه يحتاج إلى التدريب على التعامل في أرض أجنبية.. أليس كذلك؟

ولم ينطق (رفعت) بكلمة واحدة، وإن شعر في أعماقه بامتنان كبير، فالصورة التي أعطاه إياها المدير، والتي تحمل اسم النقيب (حسن عبد الله)، كانت في الواقع صورة الشاب.

صورة (فاي).

الإرهاب

ارتسمت ابتسامة واسعة على شفتي (نسيم)، وهو يستقبل صديقه (رفعت)، ويصافحه في حرارة، مربتا على كتفه، قائلًا:

- مرحى يا رجل.. لا يمكنك أن تتصوَّر كم اشتقت إليك.

أجابه (رفعت) بابتسامة هادئة، ولهجة تحمل شوقًا حقيقيًا:

- شعور متبادل يا صديقي.

أدار (نسيم) عينيه إلى الشاب، وارتفع حاجباه في دهشة، وهو يهتف:

- أهذا هو...؟!

جاء صوت (رفعت) محملًا بنبرة فخر واعتزاز، وهو يجيب:

- نعم.. إنه هو.

تطلّع (نسيم) إلى الشاب لحظة في صمت ودهشة، ثم لم يلبث أن ابتسم، وهو يصافحه، قائلًا:

- مرحبًا بك بين صفوفنا يا فتى.

فوجئ بـ(رفعت) يقول في حزم صارم:

- ليس بعد.

انعقد حاجبا الشاب في ضيق، في حين قال (نسيم) في دهشة:

- ماذا تعني؟!.. لقد حضر معك بصفة رسمية.. أليس كذلك؟

رفع (رفعت) سبَّابته، مجيبًا:

- تحت الاختبار فحسب.

واصل (نسيم) التطلّع إليه في دهشة، لفترة من الوقت، قبل أن يبتسم، قائلًا:

- آه.. بالطبع.

ثم التفت إلى الشاب، مستطردًا:

- مرحبًا بك على أي حال.

وغمز بعينه، مضيفًا:

- تحت الاختبار.

ابتسم الشاب ابتسامة باهتة، وهو يقول:
- أشكرك يا سيّدي.
شملهم صمت قصير بلا مبرّر، قبل أن يقول (رفعت):
- متى تعود إلى الوطن يا (نسيم)؟
هزَّ (نسيم) كتفيه، قائلًا:
- فور انتهائي من حزم حقائبي يا صديقي.. إنني أكاد أموت شوقًا للعودة إلى (مصر).
ثم هزَّ رأسه، وابتسم مستطردًا:
- عجيبة هي (مصر) هذه.. تحنقك أوجه القصور فيها، ويغضبك الإهمال في بعض أماكنها، ولكنك ما إن تبتعد عنها، حتى تكشف أن قلبك ينبض باسمها، وأنك تذوب شوقًا للعودة إليها.
أجاب الشاب في سرعة:
- لأنها (مصر).
نطقها وكأن هذا وحده سببًا كاف لعشقها والشوق إليها..
وفي لحظة صمت تالية، تطلَّع إليه (رفعت) و(نسيم) في صمت، قبل أن يقول الأوَّل:
- ماذا فعلت برجال الـ(سي. آى. إيه)[١٤]؟.. هل جعلتهم يقسمون إننا الأفضل؟
ضحك (نسيم)، قائلًا:
- من الواضح أن فكرتك عن العمل هنا وردية للغاية يا رجل.. إننا نقضي معظم وقتنا في جمع المعلومات، وتنسيقها، وإرسالها بالشفرة إلى (القاهرة)، ثم ننتظر أوامرهم، ونعمل على تنفيذها.. إننا لم نحتك بالمخابرات الأمريكية مباشرة سوى مرتين، وفيما عدا هذا، كنا نقضي الكثير من الوقت في مشاهدة (التليفزيون)، و...
كان ينطق عبارته الأخيرة، وهو يشير إلى (التليفزيون)، الذي انقطع إرساله فجأة، وظهر وجه مذيعته الشهيرة، وهى تقول:

---

١٤ المخابرات المركزية الأمريكية

- سيّداتي سادتي.. تقطع برامجنا المعتادة، لنذيع عليكم هذا الخبر الهام.. احتل عدد من الإرهابيين أحد المتاجر الكبرى في قلب (نيويورك)، واحتجزوا عددًا من الرهائن، من بينهم زوجة وزير التجارة الفرنسي، والممثلة العالمية (ريتا براون) والسفير المصري، و..

لم يسمع (رفعت) باقي الخبر، وهو بيهتف:

- رباه!.. سفيرنا في قبضتهم.

أشار إليه (نسيم) بالصمت، قائلًا:

- مهلًا يا رجل.. دعنا نتابع الحدث كله.

واصلت المذيعة سرد أسماء بعض الرهائن، قبل أن تتابع:

- ولقد حاصرت قوات الشرطة المبنى، ولكن الإرهابيين طلبوا فدية قدرها خمسة ملايين دولار، وطائرة هليوكوبتر كبيرة، تنقلهم إلى جهة لم يتم تحديدها بعد، وهدّدوا بقتل أحد الرهائن كل ساعتين، ما لم تتم الاستجابة لمطالبهم، ومازال رجال الشرطة يتفاوضون معهم للإفراج عن الرهائن، و..

استمرت المذيعة في إعلان الخبر، في حين غمغم الشاب:

- إنهم يحتجزون مصريًا.

أجابه (نسيم):

- ليس مصريًا عاديًا.. إنه سفيرنا نفسه.

قال الشاب في حزم:

- لايهم منصبه!

هتف (نسيم) في دهشة:

- ماذا تقول؟

انتبه (رفعت) إلى الشاب، وهو يجيب:

- أقول إن مهنته لا تهم.. المهم أنه مصرى.. أي مصري، ولا يمكننا أن نسمح لهم بتهديد مصري قط..

تألقت عينا (رفعت)، وهو يستمع إلى هذه الكلمات، في حين التفت إليه (نسيم)، وقال في دهشة حقيقية، وهو يشير إلى الشاب:

- قل لي: أيعني حقًا ما يقول؟
ابتسم (رفعت)، قائلا:
- (فاي) قليل الحديث، ولكنه يعني دائمًا كل حرف ينطق به.
ثم وضع يده على ذراع الشاب، قائلًا في حزم:
- أعتقد أن الفرصة جاءتك يا (فاي).
التفت إليه الشاب في حركة حادة، وسأل بصوت يلتهب حماسًا وانفعالًا:
- هل تعتقد هذا حقًا؟
أومأ (رفعت) برأسه إيجابًا، وهو يقول:
- نعم.. لن ننتظر الأوامر هذه المرة.. سأتحمل المسؤولية كاملة، وأسند إليك هذه المهمة.
هتف (نسيم) مستنكرًا:
- هل جننت يا رجل؟.. إنه شاب واحد، وحديث العهد بالعمل، و...
لم يلتفت (رفعت) للقول، وكأنه لم يسمعه، وهو يمسك ذراع الشاب في قوة، قائلًا:
- افعلها يا فتى.. انقذ هؤلاء الرهائن، وعلى رأسهم السفير المصرى.. افعلها من أجلي.. من أجل (مصر).
انتفض جسد الشاب كله، وهو يقول:
- أشكرك يا سيّدي.. أشكرك كثيرًا..
وأخرج مسدسه، وجذب مشطه، وتركه يرتد في عنف، بذلك الصوت المعدني، قبل أن يضيف في حزم:
- متى نبدأ؟
أشار (رفعت) بسبَّابته، وتألقت عيناه، وهو يهبط بها في حزم:
وكانت هذه إشارة البدء..

☆☆☆

اكتظت تلك المنطقة من (نيويورك) على نحو بشع، في تلك اللحظات، واحتشد حولها جيش من رجال الشرطة، والإطفاء والحرس الوطني،

ورجال الصحافة، والإعلام، والمارة، والمتطفلين، حتى لم يعد هناك موطئ لقدم، وتعلَّقت أبصار الجميع بذلك المتجر، المكون من خمسة طوابق، والذي أغلقت بوابته الزجاجية السميكة، المضادة للرصاص، وظهر خلفها اثنان من الإرهابيين، يحملان مدفعين آليين ضخمين، في حين بدا زميلان لهما واضحين، فوق سطح المبنى، بمدفعيهما الكبيرين، ومعهما ثلاثة من الرهائن، في حالة يرثى لها، وبرز زعيم الإرهابيين من نافذة بالطابق الخامس، وهو يصيح في صرامة:

- بقيت ساعة واحدة، ونرسل إليكم الضحية الأولى.. وأرجو أن تدركوا جيدًا أننا لا نمزح، وأن ما نقوله ليس مجرَّد تهديدات جوفاء.. ساعة فقط، فإما أن تصل الهيوكوبتر مع النقود، أو تثبت لكم صحة ما نقول.

عقد ضابط المباحث الفيدرالية الأمريكي (مارش) حاجبيه في غضب، عندما سمع هذا القول، وغمغم محنق:

- يا للوغد!

ثم التفت إلى أحد مساعديه، واستطرد في حدة:

- ماذا يفعلون هناك في القيادة؟.. الوقت يمضي في سرعة، وهم لا يحركون ساكنًا.. أين ردود الأفعال المنتظرة؟

أجابه مساعده، في توتر مماثل:

- لست أدري ما يفعلونه بالضبط.. يقولون إنه من الضروري أن يجمعوا أكبر قدر من المعلومات أولًا، قبل اتخاذ أية خطوة تالية.. ثم إنهم يفضلون الانتظار حتى آخر وقت ممكن.

هتف (مارش) في حنق:

- آخر وقت ممكن؟!.. كيف يفكر هؤلاء الحمقى بالضبط؟!.. الأمر لا يحتمل الانتظار والتروي.. إما أن يستجيبوا لمطالب هؤلاء الأوغاد، أو يقاتلوهم مباشرة.. فليرسلوا الهليوكوبتر والنقود، أو فرقة مسلحة لاقتحام المكان، وإنقاذ هؤلاء الرهائن.

هزَّ مساعده رأسه، وهو يقول:

لو أنني في موضعهم، لما كان القرار سهلًا بالنسبة لي على الإطلاق، فالصحافة لن ترحمهم لو دفعوا الفدية بهذه البساطة، وسيتهمهم الرأي العام بأنهم تقاعسوا عن أداء واجبهم، وبأنهم بهذا يفتحون الباب أمام أية عمليات إرهابية أخرى، بعد أن سمحوا لهؤلاء الإرهابيين بتحقيق أهدافهم، ولو أنهم أرسلوا فرقة لاقتحام المكان، ستكون هناك خسائر حتمًا في الأرواح، بين صفوف الفرقة، وبين الرهائن أنفسهم، وفي هذه الحالة أيضًا لن يرحمهم أحد.

لوح (مارش) بيده، قائلًا:

- وماذا عن هؤلاء الرهائن؟.. من يرحمهم؟

تنهَّد مساعده في أسف، مغمغمًا:

- من يدري؟!

في نفس اللحظة التي نطق فيها عبارته، كان (رفعت) يخفض منظاره المقرب عن عينيه، في نافذة مبنى يواجه المبنى التجاري مباشرة، ويقول في اهتمام:

- تسعة أشخاص.

غمغم (نسيم)، وهو يواصل المراقبة:

- هذا ما أحصيته أيضًا.. اثنان في المدخل، ومثلهما فوق السطح، والزعيم وثلاثة في الطابق الخامس، وواحد يفتش الطوابق الأخرى طوال الوقت.

ثم التفت إلى الشاب، الذي يعد مسدسه، وقد ارتدى تلك الحلة السوداء، التي تحمل على الجانب الأيسر من صدرها الرمز (فاي)، واستطرد في قلق:

- هل سيمكنك مواجهة كل هؤلاء بمسدس وخنجر؟!

أجابه (رفعت) في ثقة، وهو يناول الشاب جهاز اتصال لاسلكيًا صغيرًا:

- إنه يستطيع سحقهم وهو أعزل.

عقد (نسيم) حاجبيه، وهو يقول:

- المبالغة لن تكون في صالحه.

قال الشاب في هدوء، لا يخلو من الحزم:
- بالتأكيد.
ثم أشار إلى ورقة أمامه، مستطردًا:
- أأنتما واثقان من أن أفضل نقطة لاقتحام المكان هي فتحات التهوية، في الطابق الثالث؟!
أجابه (نسيم) في سرعة:
- بدون أدنى شك.. هذا المتجر هو متجري المفضل، منذ تسلَّمت عملي هنا. وبحكم العادة، كنت أدرس مداخله ومخارجه، كلما أتيت إليه، ولقد لاحظت ذات مرة أن فتحات التهوية العلوية فيه مناسبة لمرور شخص متوسط المقاييس، وأنها تتصل بفتحات التهوية للمبنى الذي يقع خلفه مباشرة، لأنه يخّص المالك نفسه، وأعتقد أن الفيدراليين الأمريكيين سيكشفون هذا بعد فوات الأوان.
سأله (فاي)، وهو يدسّ المسدس في حزامه:
- ولماذا الطابق الثالث بالتحديد؟
أجابه (رفعت) هذه المرة:
- لان الإرهابيين يحتلون بالفعل الطابقين الأول والخامس، وسنراقب نحن ذلك الذي يفتش الطوابق الثلاث الأخرى، ونتصل بك لاسلكيًا، لنحدد لك اللحظة المناسبة لدخول الطابق الثالث، عندما يكون هو في أحد الطابقين، الرابع أو الثاني.
وأضاف (نسيم):
- ثم إن الطابق الثالث يحوي الأثاثات المنزلية والأدوات الكهربائية، وكلها أشياء كبيرة، يمكن الاختباء خلفها وقت اللزوم.
غمغم الشاب:
- هل تقومون بدراسة الموقف بهذه الدقة دائمًا؟
ابتسم (نسيم) في سخرية، وهو يقول:
- بهذه الدقة؟!.. إنك لم تر بعد الدراسات الدقيقة يا فتى.. ما نفعله الآن يندرج تحت اسم (الدراسات الميدانية المباشرة).

وألقى (رفعت) نظرة على ساعة يده، وهو يراقب الشاب، الذي ارتدى معطفًا ليخفي حلته السوداء، ثم قال:
- هيا يا فتى.. الوقت يمضي في سرعة.
دسَّ الشاب جهاز اللاسلكي في جيبه، قائلًا في حزم:
- اطمئن.
وإتجه في خطوات حاسمة نحو الباب، ولكن (رفعت) قال في صوت خافت:
- (فاي).
كاد لسانه يخونه، وينطق الاسم الحقيقي للشاب، ولكنه سيطر عليه في اللحظة الأخيرة، ونطق اسمه الجديد، فالتفت إليه الشاب بعينين متسائلتين، وتقدَّم هو نحوه، وأمسك كتفيه في قوة، وتطلَّع إلى عينيه مباشرة، قائلًا:
- أريدك أن تنجح.
صمت الشاب لحظة، قبل أن يجيب:
- سأبذل قصارى جهدي.
ثم استدار، وغادر المكان كله..
ولثوان، ظل (رفعت) صامتًا جامدًا، يتطلع إلى الباب، الذي غادره الشاب على الفور، حتى انتزعه صوت (نسيم) من شروده، وهو يقول:
- "لا تقع في حب العميل".
استدار إليه (رفعت) في بطء، دون تعليق، فاستطرد في حزم:
- هذا خطأ كبير في عالمنا.. إنك تميل إلى هذا الشاب أكثر مما ينبغي.
كان يتوقع إنكارًا أو استهجانًا من (رفعت)، إلا أنه فوجئ به يجيب، في شيء من الحزن:
- هذا صحيح.
تطلَّع إليه (نسيم) في دهشة، وهمَّ بقول شيء ما، ولكن (رفعت) استوقفه بإشارة من يده، قائلًا:
- ولن نناقش هذا الأمر الآن.

ثم ضغط زر (التليفزيون)، مستطردًا:
- منذ هذه اللحظة، لن يشغل فكرنا سوى هذا الموقف.. سنتابع التغطية التليفزيونية أولًا فأولًا، ونراقب الموقف من هنا، ونبقى على اتصال بالشاب.
ووضع منظاره المقرب على عينيه، مضيفًا في حسم واضح:
- وهذا كل شيء.
ولم يعلّق (نسيم) بحرف واحد هذه المرة..
فقط وضع منظاره المقرّب على عينيه بدوره، و...
وواصل المراقبة.

☆☆☆

لم يكن الوصول إلى المبنى الخلفي عسيرًا، بعد أن تركزت الأبصار والجهود كلها على المبنى التجاري الأمامي، حتى أن الشاب وجد نفسه في سرعة، داخل قبو المبنى، عند فتحة التهوية الرئيسية، قبل مرور دقائق عشر، فرفع جهاز الاتصال اللاسلكي إلى شفتيه، وقال:
- هنا (فاي).. أنا الآن عند النقطة (١).
أتاه صوت (رفعت)، وهو يقول في حماس:
- عظيم.. لا تضع ثانية واحدة يافتى.. تقدَّم على الفور.
قال الشاب بسرعة:
- أنا في طريقي.
ثم خلع معطفه، وعلَّقه فوق ماسورة قريبة، ثم انحنى يخلع ذاك الشباك المعدني الثقيل، الذي يسدّ فتحة التهوية الرئيسية، وانزلق داخلها، وراح يزحف داخل ممراتها في سرعة ومهارة، حتى بلغ نهاية الممر، حيث ارتفع ممر رأسى، بارتفاع طوابق المبنى التجاري الخمس، لتتفرَّع منه مداخل الطوابق..
وكانت جدران ذلك الممر من المعدن المصقول، على نحو يجعل تسلّقه شبه مستحيل، فقال الشاب عبر جهاز الاتصال:

- أمامى المدخل الرأسي للتهوية، وأنا في النقطة (صفر-٣)..

دوت الكلمة في رأسه بغتة..

البقعة (صفر-٣)..

يومًا ما ردَّد عبارة مشابهة..

متى؟!..

وأين؟!..

قبل أن يسترسل في أفكاره، سمع صوت (رفعت)، عبر جهاز الاتصال، وهو يقول:

- ماذا تنتظر مني يا فتى.. واصل طريقك.. لقد خسرنا نصف الساعة حتى الآن، ولم يعد أمامنا سوى النصف الآخر.

كاد يخبره بصعوبة الموقف، إلا أن شيئًا ما في أعماقه رفض الاعتراف بهذا، فأجابه في حزم حاسم:

- أنا في طريقي إلى الموقع (صفر)، بإذن الله.

قالها ووضع جهاز الاتصال في حزامه، ثم ألصق ظهره بجدار الممر الرأسي، ودفع قدمية في الجدار المقابل، و..

وبدأ يتسلَّق بهذا الأسلوب المرهق..

ولم تكن عملية سهلة أبدًا..

لقد أنَّ عموده الفقري ألمًا، وصرخت عضلات ساقيه، وراح يلهث في شدة، قبل أن يتجاوز حتى الممر الخاص بالطابق الثاني.

وهنا تجلَّت إرادته الفولاذية...

كان يمكنه أن يتوقف لالتقاط أنفاسه، في الطابق الثاني، إلا أنه خشي أن يسترخي جسده، فلا يعود قادرًا على المضي في ذلك الأمر الشاق مرة ثانية..

ثم إنه كان يخشى فقدان الوقت..

ولهذا لم يتوقف..

كان العرق يغمر وجهه، والألم يسري في جسده كله، ولكنه لم يتوقف لحظة واحدة..

لقد واصل طريقه بإرادة مذهلة، حتى بلغ الفتحة المحدودة، التي تقود إلى نظام التهوية في الطابق الثالث، فدار بجسده في بطء ليدلف إليها، و...

وفجأة، انزلقت قدماه من الجدار المقابل، وفقد جسده توازنه، و...

وهوى.

هوى من ارتفاع ثلاثة طوابق.

المحترفون

شقَّت كل خلجة من خلجات (رفعت) عن ذلك القلق العنيف، الذي يعتمل في أعماقه، وهو يلقي نظرة على ساعته، ثم يعاود التطلُع إلى المبنى التجاري، عبر منظاره المقرّب، فقال (نسيم):

- أما زلت تشعر بالقلق؟

أجابه (رفعت) في توتر:

- الوقت يمضي في سرعة، ولم يعد باقيًا على الموعد سوى عشر دقائق، والفتى لم يظهر بعد.

سأله (نسيم) للمرة الخامسة:

- هل تعتقد أنه قادر على مواجهة الجميع هناك؟

أومأ (رفعت) برأسه إيجابًا، وهو يقول:

- الفتى تلَّقى تدريبات معقدة للغاية يا (نسيم)، ثم إنه مقاتل صاعقة سابق، أثبت مهارة مذهلة في حرب أكتوبر، عندما أوقف وحده طابور دبّابات حديث.

غمغم (نسيم):

- وهل سينسف نفسه مع هؤلاء الإرهابيين أيضًا؟

رفع (رفعت) المنظار المقرّب عن عينيه، قائلا في ضيق:

- لا تسخر من الموقف.

تنهَّد (نسيم)، وقال:

- صدقني يا رجل.. لست أسخر من الموقف أبدًا، فأنا رجل مخابرات مثلك، ويمكنني تقدير مدى خطورة الأمر، ولكنني أشك في قدرة شاب منفرد، على مواجهة تسعة من الإرهابيين دفعة واحدة.

صمت (رفعت) لحظات، ثم قال في حزم:

- إنه محترف.

قال (نسيم):

- وماذا عنهم؟

هزَّ (رفعت) كتفيه، قائلًا:

- مجرَّد طغمة من الأوغاد، الذين يتصوَّرون أن مجرد حمل السلاح يجعلهم أكثر قوة من الآخرين.

سأله (نسيم):

- وهل تعتقد أن هذا يمنحه مزية كبيرة؟

أومأ (رفعت) برأسه إيجابًا، وهو يقول:

- بالطبع.. لا يمكن أبدًا أن تقارن، بين محترف وهاو، مهما بلغ عنف ذلك الهاوي وشراسته.

تنهَّد (نسيم) مرة أخرى، قبل أن يتمتم:

- ربما كنت على حق.

ومع آخر حروف كلماته، نقل (التليفزيون) صوت الضابط (مارش)، وهو يقول لزعيم الإرهابيين، عبر مكبر صوتي:

- المسؤولون وافقوا على تلبية مطالبكم، ولكن المهلة التي منحتمونا إياها قصيرة للغاية.. نحتاج إلى ساعة أخرى لتدبير المبلغ.

أتاه صوت زعيم الإرهابيين، وهو يقول:

- لا بأس.. سنمنحكم ساعة أخرى.

هتف (نسيم) في دهشة:

- ماذا أصاب ذلك الوغد؟.. هل أصبح فجأة رقيق القلب؟!

ولكن زعيم الإرهابيين جذب أحد الرهائن إليه، وهو يكمل في شراسة ساخرة:

- ولكننا سنترك لكم خلال هذه الساعة ما تذكرونا به.

وبلا ذرة واحدة من التردّد أو الشفقة، أطلق النار على رأس رهينته، ثم ألقاه خارج النافذة...

وانتفض جسدا (رفعت) و(نسيم)، مع بشاعة المشهد، ونقل التليفزيون صراخ الجماهير وذعرهم، والجثة تسقط محطمة الرأس من الطابق الخامس، لترتطم بالأرض في عنف، والضابط (مارش) يصرخ:

- لماذا؟.. لماذا؟

أجابه زعيم الإرهابيين بضحكة ساخرة عالية، قائلًا:

- إنها بطاقتنا يا رجل، وأراهن على أنها ستجبركم على عدم مد المهلة دقيقة واحدة إضافية، فبعد ساعة بالتحديد، وبدون دقيقة إضافية، سأنسف مخ هذا الرجل.

قالها، وهو يجذب إليه أحد الرهائن..

وانعقد حاجبا (نسيم) في شدة، في حين تمتم (رفعت) في غضب:

- يا للوغد!

فقد كانت الضحية المنتظرة هذه المرة هي السفير.

السفير المصري..

وهتف (نسيم):

- كم أتمنى أن ينسف فتاك رأس هذا الوعد، عندما يصل إليه.

أجابه (رفعت)، وهو ينظر إلى ساعته:

- المهم أن يصل إليه أولًا.. إنني أشعر بقلق شديد من أجله.. لماذا لم يظهر أو يتصل حتى الآن؟!

ثم أمسك جهاز الاتصال، مستطردًا:

- سأتصل به أنا.

وقبل أن تضغط بسبَّابته زر الاتصال، ظهرت مذيعة التليفزيون على الشاشة، وهي تقول في انفعال:

- سيّداتي سادتي.. وصلتنا الآن معلومات مدهشة، حول هؤلاء الإرهابيين.. لقد تبين لنا أن زعيمهم هو (بيتر سوان)، رجل المخابرات الأمريكية المنشق، وأن رفاقه من المحترفين، الذين أنجبتهم حرب (فيتنام)[١٥]، وليسوا مجرَّد إرهابيين عاديين.. أكرّر: إنهم محترفون.. محترفون.

تبادل (رفعت) و (نسيم) نظرة تفيض بالهلع، عندما كرَّرت المذيعة كلمتها الأخيرة، وهتف (نسيم) في حنق:

---

[١٥] حرب فيتنام: أعلن (نجو دن ديم) جمهورية (فيتنام) في أكتوبر ١٩٥٥م، وعاونته (أمريكا) اقتصاديًا وعسكريًا، وفي ١٩٦١م، استولت قوات (فيت كونج) على ما يقرب من نصف (فيتنام)، وحاولت (فيتنام) الجنوبية صد الهجوم، بمساعدة القوات الأمريكية، ولكنها فشلت، ولاقى الأمريكيون هزيمة فادحة هناك.

- هذا عيب الدراسات الميدانية المباشرة، التي لا تستند على قاعدة من المعلومات الموثقة.

أما (رفعت)، فضغط زر الاتصال، هاتفًا:

- لابد من تحذير (فاي).. لن يمكنه أبدًا مواجهة تسعة من المحترفين. وهتف عبر الجهاز:

- (فاي).. (فاي).. هل تسمعني؟

كرَّر النداء ثلاث مرات متتالية، فلم يجيبه سوي الصمت المطبق..

صمت يجعلك تتساءل: ماذا حدث بالضبط؟..

ماذا أصاب الشاب؟..

ولكن سؤالك يظل ضائعًا، عبر موجات اللاسلكي بلا هدف.. وبلا جواب..

☆ ☆ ☆

عندما يواجه المرء خطرًا مباغتًا، تنطلق كل طاقات جسده دفعة واحدة، وتأتي ردود أفعاله غريزية سريعة، ينسقها المخ بأسلوب عجيب، عجز عن تفسيره علماء المخ ووظائف الأعضاء، حتى هذه اللحظة..

وفي اللحظة التي انزلق فيها جسد الشاب، وبدأ يهوى في الفراغ، من ارتفاع ثلاثة طوابق، اندفعت يداه إلى الأمام في حركة غريزية، وتشبثتا بحافة الممر الأفقي، الذي يقود إلى نظام تهوية الطابق الثالث بالكامل..

وبكل قوته، وغريزة البقاء في أعماقه، تيبَّست أصابعه فوق الحافة، وحمت جسده كله من السقوط المروع، وهو يرتطم بجدار الممر الرأسي في عنف..

ومع قوة الارتطام، قفز جهاز اللاسلكي من حزامه، واصطدم بالجدار، ثم سقط من هذا الارتفاع، وضرب قاع الممر بدوي عنيف، خيل للشاب أنه تردَّد في المبنى كله، وانتقل صداه إلى الشوارع المجاورة، قبل أن يتلاشى، ويضيع في تلك الممرات المتشابكة، التي بدت وكأنها بلا نهاية..

ولثوان، ظلّ الشاب معلقًا بالحافة، وهو يلهث في شدة، ثم اندفعت الدماء في عروقه، لتنقبض عضلاته، ويرفع جسده إلى أعلى..

وفي الظروف المعتادة، كان هذا عملا عاديًا، أما الآن، فقد شعر وكأن جسده أصبح يزن أضعاف أضعاف ما كان عليه، حتى صار كتلة من الفولاذ، تحتاج إلى ونش هائل لرفعها..

ولكنه نجح..

أخيرًا نجح..

واسترخي جسده يلهث لحظات، قبل أن يلقي نظرة متوترة على ساعة يده، التي أشارت عقاربها إلى بقاء خمس دقائق فحسب، من المهلة الممنوحة..

وكان هذا يعني أنه فشل في إنقاذ الضحية الأولى..

امتلأت نفسه بالحنق والمرارة، ولكن هذا لم يمنعه من النهوض، والتحرك في سرعة، داخل ممر التهوية، قبل أن يكمل حتى التقاط أنفاسه، وهو يعدو تقريبًا، على يديه وركبتيه، عبر الممر، حتى بلغ ساحة البيع، في الطابق الثالث..

ولدقيقة أو يزيد، راح يراقب المكان، عبر الفتحات الضيقة في سقفه، التي تتم عبرها عملية تنقية الهواء، من خلال ممرات التهوية..

كان يشعر بالضيق؛ لأنه فقد جهاز الاتصال، إلا أن هذا لم يفت من عضده، فقد اتخذ قراره بالقيام بالمهمة وحده، مادامت الظروف تضطره إلى هذا..

وحده..

نعم.. لقد فعلها حتمًا من قبل..

يومًا ما، خاض عملية خطيرة وحده..

شيء ما في أعماقه يذكر هذا..

ولكن لا وقت الآن لاستعادة الذكريات، والنبش في مقبرة الماضي..

هناك مهمة، لابد أن يبذل قصارى جهده للنجاح فيها..

وبأي ثمن..

فالنجاح هذه المرة، يعني مولده من جديد.

إنه مرحلة بعث، ينهض فيها من ماضيه، وينطلق في حاضره ومستقبله..

وعلى الرغم من فقدانه لجهاز اللاسلكي، ويقينه من أنه يؤدي المهمة منفردًا، دون توجيه خارجي، أزاح أحد مربعات التهوية من السقف، وثبَّت الحبل الذي يحمله على كتفه، ثم وثب إلى قاعة البيع في الطابق الثالث، و...

"يا للشيطان!.."

انطلقت الصيحة من مسافة ثلاثة أمتار منه، فاستدار نحوها في سرعة، ورأى فوهة مدفع آلي مصوَّبة نحوه، وخلفها أحد الإرهابيين، وقد امتلأت ملامحه بتوتر عنيف، وقفزت سبَّابته إلى زناد مدفعه..

ولكن الشاب قفز قفزة قوية مرنة، لا يمكن وصفها إلا بأنها مذهلة؛ فقد عبر بها الأمتار الثلاثة، التي تفصله عن الإرهابي، وجسده يدور كله حول نفسه، ثم يركل المدفع الآلي في يده، قبل أن تعتصر سبَّابته الزناد..

وعندما هبط على قدميه، كان الإرهابي ينقض عليه في غضب، هاتفًا:

ـ إذن فقد بدأ أوغاد الشرطة تحركاتهم.

هوى الإرهابي على فكه بلكمة قوية، ألقته إلى الخلف في عنف، فارتطم بكومة من الوسائد المطاطية، جعلته يرتد سريعًا، واستغل هو ارتدادته هذه، ليلكم الإرهابي بكل قوته في معدته..

وعندما انثنى الرجل من أثر اللكمة، عاجله بضربة أخرى كالقنبلة، على مؤخرة عنقه، ثم استقبل ذقنه بركلة عنيفة من ركبته، تحطم لها أنف الإرهابي، الذي أطلق صوتًا أشبه بالخوار، وحاول أن ينهض، ملقيًا سبابًا ساخطًا، كتمه الشاب بلكمة أخيرة، امتزج صوت ارتطامها بفك الإرهابي بصوت أسنان تتحطم، قبل أن يسقط الرجل فاقد الوعي تمامًا..

وفي سرعة، جذب الشاب الإرهابي بعيدًا، وانتزع حبل إحدى الستائر، وراح يقيده في إحكام، ثم ألقاه داخل أحد الدواليب، وأحكم إغلاقه، ووقف يدرس الموقف..

كان أمامه طريقان للوصول إلى الطابق الخامس، حيث يحتفظون بالرهائن، إما أن يصعد إليه، عبر السلم أو المصعد، أو يهبط إليه من السطح.
ولكل من الطريقين متاعبه ومخاطره.
فالصعود يجعله يواجه أربعة من الإرهابيين مباشرة، مع وجود الرهائن، بكل ما يحمله هذا من مخاطر، والهبوط من السطح يحتاج أولًا إلى الوصول للسطح، الذي يقف فوقه إثنان من الإرهابيين مع بعض الرهائن، والسيطرة على الموقف هناك، بما يحمله من مخاطر أيضًا..
ولكن الوقت يمضي، وعليه أن يحسم موقفه..
وبأقصى سرعة..

☆☆☆

«مراقب الأدوار لم يظهر، منذ خمس دقائق.."..
نطق (رفعت) هذه العبارة في اهتمام بالغ، وهو يراقب المبنى التجاري بمنظاره المقرّب، فسأله (نسيم):
- وما الذي يعنيه هذا في رأيك؟
أجابه في شيء من الحماس:
- أن (فاي) نجح في الوصول إلى هذه النقطة، وتخلَّص من مراقب الأدوار بشكل ما.
صمت (نسيم) لحظة، وهو يزن الأمر في رأسه، قبل أن يسأل:
- لماذا لم يعد يستجيب لنداءاتنا اللاسلكية إذن؟
أجاب (رفعت)، وهو يواصل المراقبة في اهتمام:
- ربما أصيب جهاز اللاسلكي معه بعطب ما.
هزَّ (نسيم) كتفيه، قائلًا:
- ربَّما.
ثم عاد يستطرد:

- ولكن كل شيء في المبنى يسير على الوتيرة نفسها، باستثناء غياب مراقب الأدوار، ومن الواضح أن الأمريكيين سيستجيبون لمطالب الإرهابيين، فلست أرى ما يشير إلى العكس.. لا توجد فرق هجوم، أو برامج حصار.. لقد أبعدوا حتى القناصة، من أسطح المباني المجاورة، بناءً على أوامر هؤلاء الأوغاد.

صمت (رفعت) طويلًا، قبل أن يقول:

- أنا واثق من أن (فاي) هناك، في مكان ما، ولكنني لست أدري أين ستتجه ضربته القادمة؛ فقد كان من المفروض أن نرشده نحن إلى نقطة الهجوم المثالية، بناءً على مراقبتنا من هنا.

ألقى (نسيم) نظرة إجمالية على المكان، ثم غمغم:

- بالنظر إلى أنها عمليته الأولى، أعتقد أنه سيهاجم الموجودين في الطابق الخامس مباشرة؛ قالوقت يمضي معه في سرعة، ثم إن أية معركة على السطح ستثير جلبة محسوسة، تكفي لتفجير الموقف تمامًا، في الطابق الخامس.

رفع (رفعت) المنظار المقرب عن عينيه، وهو يسأله:

- وماذا كان من الممكن أن تفعل، لو أنك في مكانه؟

أشار (نسيم) بسبّابته، قائلًا:

- كنت سأهاجم الإرهابيين على السطح أولًا، وبأسلوب مباغت سري، يحسم الموقف في لحظات، دون أن يثير الآخرين.

صمت (رفعت) طويلًا هذه المرة، ثم هزّ رأسه، وقال في حزم:

- فلنركز على مراقبة السطح إذن.

كان بقوله هذا يراهن بسمعته نفسها على ورقة واحدة.. ورقة تحمل الرمز (فاي)..

☆ ☆ ☆

ألقى أحد الإرهابيين على السطح نظرة على ساعته، وهو يقول ساخرًا:

- (بيتر) لم يطق صبرًا، ونسف جمجمة الرهينة الأولى، قبل الموعد المحدود بعشر دقائق كاملة.. ترى متى يذبح الثانية؟

انتفض الرهائن الثلاثة أمامه في ذعر، وكانوا امرأتين وفتاة صغيرة، في الثالثة عشرة من عمرها، راحت تبكي فى ارتياع، فجذبها الإرهابي الثاني من شعرها الأشقر الطويل في قسوة، وهو يقول:

- ما رأيك في هذه الصغيرة؟.. دعنا نلق بها من السطح مباشرة، عندما يحين الموعد.

صرخت الفتاة في ذعر وألم، فقهقه الأوَّل ضاحكًا، وقال:

- فكرة رائعة.. سيروق لي أن أسمع صراخها، وهى تهوى في الفضاء، قبل أن ترتطم بالأرض، وتتهشَّم كل عظمة في جسدها.

بكت الفتاة أكثر وأكثر، فقالت إحدى المرأتين في حنق:

- هل تشعران باللذة لما تفعلانه؟.. هل تجدان متعتكما في إذلال هذه المسكينة؟

صرخ أحدهما في وجهها:

- اصمتي يا امرأة، وإلا انتزعت فروة رأسك، كما كان الهنود الحمر يفعلون قديمًا.

تراجعت المرأة في ارتياع، في حين قهقه هو في مرح، مستطردًا:

- حاول أن تتخيَّل شكلها، بدون هذا الشعر الأشقر.

قالها وانطلق يضحك، ويضرب الأرض بقدميه كالأطفال، حتى انبعث صوت صارم، من جهاز اللاسلكي الذي يحمله، قائلًا:

- ماذا يحدث عندكما؟

ارتبك الرجل، وأعاد قدميه إلى موضع الوقوف، وتلاشت ضحكته، في حين أجاب زميله عبر الجهاز ساخرًا:

- اطمئن يا (بيتر).. (هوز) كان يمرح قليلًا.

أجابة (بيتر سوان) في صرامة:

- مره بالتوقف عن هذه السخافات.. عبث الأطفال هذا قد يفسد خطتنا كلها.. ما الموقف عندكما؟.. هل تريان أية قناصة في الجوار؟

قال الرجل، وهو يدير عينيه فيما حوله:
- مطلقًا.. من الواضح أنهم استجابوا لمطالبنا حتى الآن، فالمنطقة نظيفة تمامًا.
أجابه (سوان)، في شيء من الشراسة:
- ولكن الهليوكوبتر والنقود لم يصلا بعد أيها الغبي.
ثم أنهى الاتصال، وهو يشعل سيجارته، وينفث دخانها في عصبية، جعلت أحد رجاله يقول:
- هل تسير الأمور على ما يرام يا مستر (سوان)؟
أجابه (سوان)، وهو ينفث دخان سيجارته:
- ستظل تسير على ما يرام، مادمت تثبت لهم دائمًا أن تهديداتك ليست جوفاء.
قالت الممثلة (ريتا) في حنق:
- وهل وسيلتك إلى هذا هي إراقة الدماء؟
رمقها بنظرة صارمة، قبل أن يجيب:
- ألا تروق لك وسائلنا؟
ثم وثب فجأة، يجذبها من شعرها في قسوة، ويهوى على وجهها بصفعة عنيفة، صارخًا:
- ألا تروق لك؟
صرخت في ذعر، وصاحت في ألم:
- ماذا تفعل أيها المجنون؟
صفعها مرة أخرى في غضب، صارخًا:
- إياك أن تصفيني بالجنون.. هل سمعت؟.. إياك؟
اندفع السفير المصري، محاولًا الدفاع عنها، وهو يقول في حدة:
- لا تصفع أبدًا امرأة.
التفت إليه (سوان) في غضب هائل، ودفع (ريتا) جانبًا في غلظة، وهو يقول له في شراسة:
- ماذا تقول يا رجل؟.. ما الذي تنصحني به؟

شدَّ السفير المصري قامته في اعتداد وشموخ، وهو يجيب:

- ليس من الرجولة أن تصفع امرأة.

مال (سوان) نحوه في حدة، قائلًا:

- حقًّا؟!

ثم جذبه من سترته في عنف، وألصق فوهة مسدسه بعنقه، وهو يصرخ في وجهه:

- هل يمكنك تكرار نصيحتك الآن؟.. هل لديك الشجاعة لتفعل؟!.. هل ترى كيف ابتلعت الموقف بسرعة، عندما شعرت بالفوهة الباردة تلتصق بعنقك؟

أجابة السفير في شجاعة صارمة:

- الشيء الوحيد الذي ابتلعته هو سخافاتك، أما ما أراه أمامي، فهو مجرَّد إرهابي يعانى عقدة نفسية، تجعله يتصوَّر أنه سيصبح أعظم رجل في العالم، عندما يمسك سلاحًا.

احتقن وجه (سوان) في شدة، وهو يقول:

- إذن فأنت ترغب في الانتحار.

أجابة السفير بسرعة:

- بل أومن بأنه مادام الموت ضرورة لا فرار منها، فمن العار أن يموت المرء جبانًا.

حدَّق (سوان) في وجهه لحظة، ثم تراجع قائلًا في سخرية:

- عظيم.. أنت لست مجرَّد سفير لدولة من دول العالم الثالث.. أنت فيلسوف أيضًا.

ثم صرخ فجأة:

- ولكنني سأشعر بمتعة رائعة، عندما تحين لحظة قتلك.

واندفع نحو النافذة، صارخًا:

- أنتم أيها الأوغاد بأسفل.. لقد اتخذت قراري باختصار المهلة إلى نصف الساعة فقط، بدلًا من ساعة كاملة.

قالها، واستدار ينظر إلى السفير المصري في سخرية وشماتة؛ دون أن يدري أن قوله هذا لم يترك ل(فاي) سوى ثلاث عشرة دقيقة.. فقط..

☆☆☆

ألقى الإرهابي العنيف فوق السطح، نظرة طويلة على ساعته، قبل أن يقول للفتاة الصغيرة ساخرًا، وهو يعبث بخنجره:

- استعدّي يا صغيرتي.. سأذبحك بعد أقل من ربع الساعة.

أمسكت المسكينة رقبتها في ارتياع، وهي تبكي في حرقة، هاتفة:

- لا تذبحني.. أرجوك.. أرجوك.. لا أريد أن أموت.. أرجوك.

قهقه ضاحكًا، وهو يستمتع بتوسلاتها ودموعها، فقالت السيدة في توتر:

- لا تخافي يا صغيرة.. إنه يرهبك فحسب.

التفت إليها الرجل في غضب، هاتفًا:

- أرهبها فحسب.. يبدو أنك لا تحسنين فهم الأمور أيتها الحقيرة.

وجذبها من شعرها في حدة، جعلتها تطلق صرخة ألم مذعورة، وهو يرفع خنجره نحو رأسها، مستطردًا:

- ولهذا تستحقين درسًا قاسيًا.

صرخت المرأة في رعب، وأطلت من عيني الإرهابي نظرة قاسية متشفية، وهو يهم بانتزاع فروة رأسها، و...

وفجأة وثب (فاي) عبر فتحة المصعد العلوية، وألقى خنجره في براعة، ليغرسه في قلب ذلك الإرهابي الحقير، الذي أطلق شهقة ألم ودهشة، وسقط خنجره من يده، في نفس اللحظة التي استدار فيها زميله نحو الشاب، في سرعة تليق بالمحترفين، وهو يهتف:

- يا للشيطان!

وبسرعة، استل (فاي) مسدسه، ولكن ذلك المحترف رفع فوهة مدفعه الآلي نحوه بسرعة أكبر، و...

وكانت مواجهة بالغة السرعة والعنف..

مواجهة المحترفين.

الاقتحام

لم يكن الشاب يدرك، أو يتصوَّر، أن خصمه محترف إلى هذا الحد، فقد فوجئ به يصّوب إليه فوهة مدفعه الآلي في سرعة مذهلة، قبل حتى أن يرفع هو مسدسه في وجهه..

وبدا له أنه خسر المواجهة هذه المرة..

ولكن فجأة، انثنى الإرهابي إلى الخلف، وجحظت عيناه في شدة، ثم سقط منه مدفعة الآلي، وبرزت بقعة دموية في جبهته من الأمام، وهو يترنح، قبل أن يسقط على وجهه جثة هامدة..

ولثوان معدودة، حدَّق الشاب في جثة الإرهابي في دهشة، دون أن يفهم ما حدث..

ولم يكن وحده الذي يشعر بهذا..

فعلى سطح مبنى قريب، ارتفع حاجبا الضابط (مارش) في دهشة عارمة، وهتف:

- من أين أتي هذا الشخص؟!.. ما الذي يحدث بالضبط؟

ثم التقط جهاز اللاسلكي الخاص به، وهتف عبره:

- أخبروني ماذا يحدث هنا؟!.. ما الذي تفعلونه بالضبط؟

ولم يكد يتلقَّى الجواب، حتى اتسعت عيناه في دهشة بالغة، والتفت إلى مساعده، قائلًا:

- إنهم لم يفعلوا شيئًا حتى الآن.

ثم عاد يحدّق في السطح المقابل، مستطردًا:

- ماذا يحدث هناك إذن؟

أما في تلك الشقة، التي تواجه المتجر بالضبط، فقد خفض (رفعت) بندقيته، المزوَّدة بمنظار مقرب قوي وكاتم صوت، و(نسيم) يهتف به:

- إصابة رائعة يا رجل.. أنا نفسي لم يكن بإمكاني أن أفعل ما هو أفضل.. كيف توقَّعت أن الشاب سيختار السطح؟

أجابه (رفعت) في انفعال:

- كنت أعلم أن (فاي) أكثر ذكاء مما يتوقعون جميعًا.

وأعاد منظاره المقرب إلى عينيه، مستطردًا:
- المهم ألا يضيع لحظة واحدة، فقد أعلن عن وجوده، وأخشى أن يقوم أحد حمقى (التليفزيون) الأمريكي بتصوير ما يحدث، فتصل الصورة مباشرة إلى الإرهابيين، عبر أي جهاز (تليفزيون) بالمبنى.
نطقها في نفس اللحظة، التي تحرَّك فيها الشاب في سرعة، وثبت طرف الحبل الذي يحمله في بروز واضح في السطح والسيدة تهتف به في سعادة:
- لقد أنقذت حياتنا.. أشكرك.. أشكرك كثيرًا.
أرادت أن تطبع قبلة امتنان على وجنته، إلا أنه ازاحها في رفق، قائلًا:
- فيما بعد يا سيّدتي.. فيما بعد.
وأطل من السطح، ليقيس المسافة بعينيه، ما بين الحافة ونوافذ الطابق الخامس، ثم أمسك طرف الحبل، في المسافة التي قدرها مسبقًا، وأشار للسيدتين والفتاة، قائلًا في حزم:
- تراجعن.
قالها، ووثب من السطح، على نحو جعل الفتاة تطلق شهقة ارتياع، والمرأتين تصرخان في هلع..
ولكنه أثبت براعته ودقته، على نحو مدهش..
لقد جاءت قفزته متقنة ومدروسة إلى حد مذهل، فلم يكد الحبل يرتطم بحافة السطح، حتى جذب جسده إلى الداخل في عنف، جعله يظهر أمام نافذة الطابق الخامس، ويقتحمها على نحو مباغت قوي..
وعلى الرغم من أن الرجال الأربعة هناك، كانوا محترفين بحق، إلا أن ذلك الاقتحام المدهش المفاجئ أصابهم بصدمة عنيفة، سمحت للشاب بالقفز أرضًا، والتدحرج في مهارة، وإطلاق النار على رأس أحدهم، و على صدر الثاني، قبل أن يثب واقفًا على قدميه، ويطلق رصاصة ثالثة، اخترقت عنق الثالث.. ولكن (بيتر سوان) لم يكن بالرجل السهل..
لقد كان أوَّل من استوعب الموقف، وقفز خارج نطاق المفاجأة، فأطلق الرصاص مرتين، محاولًا إصابة الشاب، إلا أن الحركة السريعة لهذا

الأخير أفسدت محاولته في المرتين، فما كان منه إلا أن جذب إليه (ريتا) من شعرها في عنف وقسوة، وألصق مسدسه بعنقها، في نفس اللحظة التي استدار إليه الشاب فيها، وهو يصّوب نحوه مسدسه، فصرخ (بيتر) في عصبية عنيفة:

- حركة إضافية، وأنسف رأسها الجميل بلا تردّد.

توقف الشاب، مصوبًا إليه المسدس في حذر، في حين هتف السفير:

- اتحتمي بامرأة أيها الحقير.

صاح به (بيتر) في حدة:

- اخرس يا رجل، وإلا أخذتك بدلًا منها.

تقدَّم نحوه السفير، قائلًا:

- فليكن.. أنا أوافق.. خذني بدلًا منها.

صرخ (بيتر):

- لا أريد بطولات زائفة.. تراجع وإلا قتلتكما معًا.

بدا الغضب على وجه السفير، وصرخت (ريتا):

- لا تستفزوه.. لا تحاولوا استفزازه.. تذكروا أنني في قبضته.

انعقد حاجبا الشاب في صرامة، وهو يقول في اقتضاب:

- اتركها.

أطلق (بيتر) ضحكة عصبية ساخرة، قبل أن يقول:

- أتركها؟!.. يا له من قول ساذج سخيف!.. اترك أنت مسدسك يا فتى، وإلا علمتك كيف تنسف رءوس السخيفات أمثالها.

لم يتحَّرك الشاب قط، أو يختفى انعقاد حاجبيه الغامض، ولكنه لاحظ تألقًا غير طبيعي في عيني (بيتر سوان)، وهو ينظر إلى نقطة ما خلفه... إلى حيث المصعد..

ثم فجأة، فهم معنى هذا التألق، فانحني في سرعة، واستدار يطلق النار نحو المصعد..

أو نحو ذلك الإرهابي، الذي ترك موقعه عند باب المتجر، وصعد ليستطلع سبب دوي الرصاصات في الطابق الخامس..

ولكن الرصاصة لم تصب الرجل في مقتل..

لقد اخترقت ذراعه فحسب..

وعندما أطلق الشاب رصاصته الثانية، التي اخترقت رأس الرجل مباشرة، دفع (بيتر) (ريتا) بعيدًا، وأطلق النار بدوره على الشاب..

ولشدة انفعاله وتوتره، لم تصب رصاصته هدفها بالضبط، وإنما اخترقت كتف الشاب، الذي استدار في سرعة، على الرغم من إصابته، وصوَّب مسدسه إلى (بيتر)..

ولكن الرجل كان قد استعاد وضعه الدفاعي بسرعة..

لقد أحاط عنق السفير بساعده هذه المرة، وهو يصرخ في الشاب:

- حاول.. حاول أن تضغط الزناد، وسأقتله أمام عينيك بلا تردّد.

نهض الشاب في بطء، وصوَّب مسدسه إلى رأس (بيتر) في إحكام، وهو يقول بالعربية:

- هل يمكنك المخاطرة يا سيادة السفير؟

اتسعت عينا السفير في دهشة، وهو يهتف:

- أأنت مصرى؟!

وصاح (بيتر) في عصبية:

- بأية لغة تتحدثان؟

تجاهله الشاب تمامًا، وهو يقول للسفير:

- سأعدّ حتى ثلاثة، ثم تزيح رأسك بسرعة إلى اليسار.. هل يمكنك هذا؟

أجابه السفير، والدهشة لم تفارقه بعد:

- بالتأكد.

قال الشاب في هدوء:

- واحد.. اثنان..

وصرخ (بيتر)، وهو يجذب إبرة مسدسه في عصبية:

- تحدَّثا بالأمريكية، أو...

قبل أن يتم كلماته، قال الشاب في حزم:

- ثلاثة..

ولم يكد ينطقها، حتى أزاح السفير رأسه بسرعة إلى اليسار، ليكشف رأس (بيتر)، وضغط الشاب زناد مسدسه، و...

وكانت الإصابة محكمة تمامًا..

وجحظت عينا (بيتر سوان) في شدة، وسقط مسدسه من يده، وأفلت عنق السفير، وهو يتراجع بثقب بين عينيه، حتى ارتطم بالنافذة المحطمة، وهوى من ارتفاع خمسة طوابق.

ومع لحظة سقوطه، صرخ الضابط (مارش) في انفعال:

- اقتحموا المكان.

ولم يعد هناك سوى إرهابى واحد، استسلم على الفور، بعد أن أدرك أن رفاقه كلهم انتهوا، مما جعل عملية الاقتحام سالمة تمامًا، وعندما وصل رجال الشرطة الأمريكيون إلى الطابق الخامس، كان الرهائن كلهم بخير، وخاصة السفير المصري، الذي حمل وجهه ابتسامة فخر عريضة، جعلت الضابط (مارش) يسأله في حيرة:

- قل لي يا سيادة السفير: ما الذي يملأ نفسك بالسعادة إلى هذا الحد؟

أجابه السفير في هدوء:

- لقد أنقذتمونا.. أليس كذلك؟

تطلَّع إليه (مارش) لحظات في شك، ثم أشار إلى رسم كبير على الجدار، لشكل بيضاوي، يقطعه خط رأسي، وسأله:

- وماذا عن هذا الرمز؟.. ما الذي يعنيه؟

هزَّ السفير كتفيه، وهو يجيب:

- ومن أدراني؟

قالها، وابتسامته تتسع، وتمتلئ بمزيد من الفخر والاعتزاز، فهو لن ينسى أبدًا تلك الكلمات، التي سمعها من الشاب، قبل أن يختفي تمامًا من المكان:

- مع تحيات (مصر)، والمخابرات المصرية يا سيادة السفير.

لحظتها شعر أنه من الطبيعي أن يسري الفخر في عروقه..

يكفي أنه سفيرها..

سفير (مصر)

البداية الجديدة

«لقد فعلتها يا رجل.. فعلتها.. ياللروعة!.. لم أكن أتوقع هذا أو أتخيله قط..»

هتف (نسيم) بالعبارة في سعادة بالغة، في حين ألقي (رفعت) جسده على أقرب مقعد إليه، ولهث وكأنه يعاني انفعالًا شديدًا، وهو يجيب:

- نعم.. لقد فعلها.. حمدًا لله.. حمدًا لله.

كان قد انتزع منذ لحظات، تلك الرصاصة التي انغرست في كتف الشاب، وضمَّد جرحه في مهارة، تعلَّمها في أثناء مواجهاته السابقة، فرفع عينيه إليه، وابتسم قائلًا:

- وأنت أيضًا فعلتها يا فتى.. لقد اجتزت ذلك الخيط الفاصل، ما بين الهاوي والمحترف.

نهض الشاب في بطء، قائلًا:

- كانت هناك أخطاء.

أجابه (نسيم) في سرعة:

- جلَّ من لا يخطئ.. لا يوجد عمل متكامل قط.. المهم ألا تؤدي الأخطاء إلى الفشل..

ثم ابتسم، وربَّت على ظهر الشاب، مستطردًا:

- ولكنني أعترف أنك موهوب في هذا المجال.. لقد أحسن (رفعت) الاختيار حقًا، وأراهنك على أنه يشعر الآن بالفخر.. أليس كذلك يا (رفعت)؟

وتطلَّع إلى زميله، الذي دفن رأسه بين كفيه، ولاذ بالصمت تمامًا، على نحو جعله يكرر:

- أليس كذلك؟

ظلَّ (رفعت) جامدًا في هذا الوضع الدقيقة أو يزيد، قبل أن يرفع وجهه إليهما، ويقول بصوت حمل طنًا من التأثر، الذي فاضت به عيناه:

- بلى.

بدا لحظة أنه سيكمل عبارته، إلا أنه لم يلبث وضمّ شفتيه في قوة، وكأنما يخشى أن يغلبه التأثر، فران على المكان صمت طويل، بعد أن غلب تأثره، قائلًا:

- لقد أثبت (فاي) قدراته، واستعداده لخوض المعارك بمفرده.

تطَّع إليه الشاب لحظات في صمت، قبل أن يقول في خفوت، وبلهجة أشبه بالتساؤل:

- إنها ليست المرة الأولى، التي أفعل فيها هذا.

غاص كل منهما في عيني الآخر لحظات، ثم أجاب (رفعت):

- نعم.. إنها ليست المرة الأولى.

ثم التقط نفسًا عميقًا، واعتدل على مقعده، قبل أن يضيف:

- لهذا ينبغي أن تستعد.

سأله الشاب في إهتمام:

- أستعد لماذا؟

شرد (رفعت) لحظة أخرى، ثم أجاب في حزم:

للعودة إلى (مصر).

وكانت مفاجأة عنيفة بالفعل..

☆☆☆

عقد رئيس الشرطة حاجبيه، وهو يهتف في وجه الضابط (مارش) مستنكرًا:

- مصري؟!.. هل فقدت عقلك يا رجل، أم أنك تعاني نوبة هذيان؟!.. مستحيل أن يكون الشخص الذي فعل هذا مصريًا!.. مستحيل!.. مستحيل!

زفر (مارش) في توتر، وهو يقول:

- ولكن كل شيء يؤكد هذا يا سيدي.. الشهود قالوا: إنه تحدَّث مع السفير المصرى بلغة لا يعرفونها، أصابت السفير نفسه بالدهشة، ثم إن أحد الشهود من أصل إيراني، ويمكنه تعرف اللغة العربية بسهولة.

قال رئيس الشرطة في حدة:

- لماذا ينكر السفير نفسه هذا إذن؟
أجابه (مارش) في ضيق:
- من الطبيعي أن يفعل هذا، فهو رجل ديبلوماسي، ويعرف جيدًا أن أي إجراء، يقوم به مواطنه، على أرض أمريكية، دون الرجوع إلى السلطات، يعد أمرًا غير قانوني، ولا يمكنه الاعتراف به قط.
قال رئيس الشرطة في حنق:
- ونحن لا نستطيع إجباره على تغيير أقواله هذه.
لم يجد (مارش) ما يقوله، فقلب كفيه مستسلمًا، مما جعل رئيسه يقول:
في هذه الحالة أنصحك بنسيان الأمر كله.. المهم أنه تم القبض على أحد الإرهابيين، والقضاء على الباقين، ولن يضيرنا أبدًا أن ينسب هذا إلينا.. أليس كذلك؟
أومأ (مارش) برأسه، مغمغمًا:
- بلى.. لن يضيرنا هذا.
ولكن عقله لم يستطع أن يهدأ أبدًا، وهو يبحث عن تفسير لتلك العلامة، التي زينت الحائط في المبنى التجاري..
علامة (فاي)..

☆☆☆

"لماذا فعلت هذا؟.."
قالها (رفعت) للشاب، في شيء من الحنق، وهما يقفان مع (نسيم)، في مطار (نيويورك)، فسأله الشاب في حيرة:
- فعلت ماذا؟..
قال (رفعت) في صرامة غاضبة:
- لماذا تركت علامتك على الجدار؟
صمت الشاب لحظات، قبل أن يهزّ كتفيه، قائلًا:
- لست أدري.. أردت أن أتركها هناك فحسب.
أجابه (رفعت) في حدة:

- بل أردت أن تزهو بانتصارك.. أردت أن تعلن للعالم كله أنك صاحب الفضل في هزيمة الأشرار.. أليس كذلك؟

تمتم الشاب في حرج:

- ليس بالضبط، ولكن..

قاطعه (رفعت) في عصبية:

- هناك أمر آخر ينبغي أن تتعلمه، في عالم المخابرات يا فتى.. إننا نعمل دائمًا في الخفاء، والعمليات الوحيدة التي تعلن عن نفسها في عالمنا، هي العمليات الفاشلة، أو التي مضى عليها ردح من الزمن، أما العمليات الناجحة، فتبقى عادة طي الكتمان.. ولا مجال للزهو قط في عالمنا.. إما أن تعمل من أجل الوطن، دون انتظار لشهرة أو أوسمة، أو لا تعمل إطلاقًا.. هل تفهم؟

تطلَّع الشاب إلى عينيه لحظات، ثم أجاب:

- نعم.. أفهم.

لم ينبس (نسيم) بحرف واحد، طوال حديث زميله، فقد كان يدرك جيدًا أن السبب الرئيسي لعصبيته، هو أنه يؤدي واجبه، على حساب مشاعره وانفعالاته..

إنه يميل كثيرًا للشاب، ويعتبره بمثابة ابن له، ويتمنى لو أبقاه دومًا إلى جواره، إلا أن واجبه يحتم عليه إعادته للوطن، حتى يصبح أحد رجال العمليات الخاصة..

وهذا الصراع يمزقه في شدة..

والعجيب أن مشاعر (رفعت) تبدَّلت في سرعة، من العصبية والغضب إلى شيء من الحنان، وهو يمسك ذراع الشاب، قائلًا:

- عندما نفترق الآن، لا تتصوَّر أبدا أنني أتخلى عنك، فلقد انتهى دوري معك، والمفروض أن تنتقل إلى مرحلة جديدة من التدريبات.. مرحلة لا يصلح لها سوى (نسيم).. أي (قلب الأسد)، كما نطلق عليه.. وعلى يديه ستتلقى عشرات المعارف والمعلومات الضرورية، في عالم المخابرات.. استمع إليه جيدًا، وأطع كل أوامره.

ارتفع في هذه اللحظة النداء الأخير، الذي يدعو ركاب طائرة (مصر للطيران)، المتجهة إلى (القاهرة)، للتوجه إلى الطائرة، فألقي (رفعت) نظرة أخيرة على الشاب، وقال:

- هيّا.. اذهب مع (نسيم).. إنها تنتظرك وتحتاج إليك.

قال الشاب في حيرة:

- من هي؟

أجابه في تأثر شديد:

- (مصر) يا (فاي).. (مصر) تنتظر خدماتك.

انتفضت عروق الشاب، وهو يقول:

- رقبتي فداء لها.

تصافح الثلاثة في حرارة، وبقي الشاب لحظات، متطلعًا إلى عينى (رفعت) في صمت، حتى قال له هذا الأخير في عصبية:

- هيا.. اذهب.. الطائرة لن تنتظرك.

وعندما ارتفعت الطائرة، عائدة إلى الوطن، وعلى متنها (نسيم) والشاب، كان (رفعت) يدرك أنها ربما تكون آخر مرة يراه فيها، طبقًا لنظم عالم المخابرات، ولكنه واثق من أن هذا الشاب سيضيف الكثير والكثير إلى هذا العالم الغامض..

وفي صمت، وربما لأوّل مرة في حياته، ترك (رفعت) تأثره يغلبه، وسمح لدموعه أن تسيل في بطء على وجهه، وهو يتابع الطائرة، التي غابت وسط السحب، تاركة خلفها خيطًا من الدخان، بدا وكأنه يرسم مع السحب شكلًا لرمز مألوف..

رمز القيمة الخالية..

(فاي).

☆☆☆